Cerezas y melocotones

Afrodisíacos, Volume 2

Clementine Lips

Published by Clementine Lips, 2021.

CEREZAS Y MELOCOTONES

First edition. June 15, 2021.

ISBN: 979-8215848074

Written by Clementine Lips.

Tabla de Contenido

Prefacio

SIENDO ESTE MI SEGUNDO libro, cabría pensar que el camino hasta su publicación ha sido más fácil. Sin embargo, tocaba poner sobre el papel (o el teclado) todo lo que había aprendido durante la escritura del primer libro, *Papayas y plátanos*, revisar mi proceso de aprendizaje, reeditar algunos relatos que quedaban muy atrás en el tiempo. Y sobre todo tocaba seguir aprendiendo y seguir moviéndome en el equilibrio precario entre el trabajo que paga mis facturas y el que me inspira esperanza. Eso en particular, lo más difícil de todo, se ha vuelto aún más complicado. Ambos requieren cada vez más tiempo, y el día solo tiene 24 horas.

He sufrido mucho con este libro porque tocaba el cielo para bajar de golpe hasta la tierra. Me he pegado unas buenas hostias de realidad que me han dejado dolorida, la verdad. Suerte que tengo buenos/as amigos/as, una pareja increíble, una hermana clarividente y unos gatos que me llenan de amor. Pensaba que la gente exageraba cuando decía lo mucho que les ayudaban sus mascotas. No es mentira, le recomiendo a todo el mundo en esta sociedad alienante y solitaria que adopte un animalito para darle amor y cariño, diversión y, ojo, responsabilidades.

Además, durante el proceso de escritura me he dado cuenta de que soy más libre cuando describo el amor o el deseo entre dos mujeres. Puedo hacer un relato feliz o triste, uno de "aquí te pillo, aquí te mato", o uno de cocción lenta pero, en cualquier caso, mis personajes son grises: tienen blancos y negros, son (más) complejos. Y me ha dado mucha pena y mucha rabia darme cuenta de que para escribir los relatos de *Papayas y plátanos* no me permitía esa libertad, porque un hombre que no es perfecto, en mi cabeza es... peligroso. Y muy probablemente, de una manera o de otra, le haga daño a la mujer con la que se comparte. Lo bueno es que me he dado cuenta, y ahora puedo trabajar eso para el futuro y presentar los dilemas de las relaciones heterosexuales mejor.

Pero ya basta de dramas (¡y de heterosexualidad!), porque hoy es día de celebración: tú, querido/a lector/a, has abierto mi libro, y eso ya es suficiente para alegrarme el día. Me ha costado mucho ponerlo a disposición del público, pero ha merecido la pena, y espero que a ti también te la haya merecido comprarlo.

Espero que disfrutes literaria- y físicamente, que para eso está escrito.

Antros

Este corto pertenece al universo Wanderers

OBVIAMENTE HABÍA ESTADO en clubes antes. En discotecas y en bares, tanto grandes como pequeños. Tanto bares para lesbianas como para todos los públicos, tanto en las horas de menores, en mis tiempos, como en las sesiones de adultos, aunque todas sabemos que esa línea no está perfectamente dibujada en la mayoría de los locales. A pesar de mi extensa experiencia nocturna, nunca había estado en un garito tan oscuro. Curiosamente, también era el único local que conocía que cuidaba el juego de luces a ese nivel. Eran luces de tonos granates y púrpuras, a veces incluso azules y verdes oscuros. Nada de colores brillantes o luminosos. Eran luces que te dejaban adivinar todo y no te dejaban ver nada con claridad.

El local, que al principio había creído pequeño, estaba en un edificio que por fuera parecía como otro cualquiera. Un bloque de ladrillo rojo con los rastros del tiempo pintados bajo las repisas de las ventanas. Y, sin embargo, cuando mirabas más allá o, más bien, cuando lo intentabas, te topabas con la oscuridad absoluta del tapiz que cubría los cristales. «¿Estará abandonado?» se preguntarían muchos al verlo. Yo misma me lo había preguntado hacía un tiempo, cuando aún ignoraba lo que sucedía ahí dentro por las noches.

Pero no, no estaba abandonado. De hecho, probablemente fuese de los locales más abarrotados de toda la ciudad, aunque era imposible saberlo a ciencia cierta, puesto que nadie admitiría al día siguiente que había pasado la noche ahí. Es más, los dueños, que atendían la entrada más concurrida esa noche, pedían encarecidamente que la localización e incluso la existencia del local se mantuvieran en secreto. Se tomaban muy en serio la seguridad y la subsistencia de su comunidad. Los nuevos miembros se reclutaban gracias al boca a boca. En caso de que alguno de los clientes actuales encontrara a otra alma afín interesada en pasar sus noches en divanes ajenos, manchados en encuentros que las mentes más inocentes no podrían siquiera comenzar a imaginar, le podían invitar a visitar el lugar. Suponía que más de uno se habría equivocado al juzgar el interés de conocidas o amigas, pero de alguna forma el secreto se mantenía invisible a ojos de la mayoría de la sociedad.

Entré sola en el local, aunque se suponía que vendría con mi nueva jefa. Puede parecer un lugar extraño para reunirse con quien me daba trabajo, pero no lo es tanto sabiendo que se trataba de una gurú del poliamor que me había contratado como fotógrafa para que crease contenido en sus redes sociales. Cuando queda claro que tu jefa quiere que la fotografíes semidesnuda en sus días más modestos, y que incluso te encontrarás con otros cuerpos desnudos en algunas de las sesiones de fotografía, quizá ya no resulte tan raro que, como primera reunión extraoficial, me invitase a este "bar". Me explicó que me quería llevar para que entendiese los entornos en los que ella se desenvolvía y la gente con la que se relacionaba, pero me aclaró que nuestra relación debía mantenerse exclusivamente profesional. "No se caga donde se come", me dijo más concretamente. Igual debería haberme dado cuenta entonces de que aquella noche no iba a ser una noche cualquiera.

Suponiendo que en un garito llamado *"Nak'd"* (intencionadamente difícil de buscar en Internet) no iba a primar la modestia, me había vestido con algo que me cubría lo suficiente como para no ser detenida por escándalo público, pero que aun así dejaba bastante poco a la imaginación. Llevaba un body con un escote en pico que acababa un par de centímetros por encima de mi ombligo, justo donde empezaban mis pantalones. Se mantenía en su sitio gracias a un fino trozo de tela que unía ambos lados del escote a la altura de mis pechos y otro, este último elástico, que cruzaba mi espalda para mantener todo tirante.

Sin embargo, me dio vergüenza mi pensado conjunto al ver que la mayoría de las personas del garito iban en ropa interior y algunas incluso desnudas. Me sentí un poco menos ridícula al ver que los presentes tampoco habían elegido esa ropa interior al azar. Los hombres se paseaban con calzones de cortes diversos, algunos enseñando el culo, otros el pene, y algunos vestidos con látex de la cabeza a los pies. Las mujeres, mi foco de atención, eran aún más originales; tenemos más donde elegir. Los atuendos iban desde camisones de seda decorados con flores tropicales hasta pegatinas que a duras penas tapaban los pezones y que se mantenían ahí de puro milagro con el peso de las borlas que colgaban de ellas. De la ropa del tren inferior se podía incluso deducir a qué habían venido esa noche: algunas de las mujeres se paseaban ya con sus arneses puestos. Otras llevaban tan solo bragas. La variedad en aquel local era apabullante: culottes, bragas de encaje, tangas, e incluso algunas prendas de cuero, intuyo que en algunos casos vegano, que tenían ranuras en las zonas más privadas.

Yo no había traído ropa interior y aún no me sentía cómoda como para quedarme en pelotas, así que opté por lo más parecido a ello. Me quité los pantalones ahí en medio, sin percatarme hasta más tarde de que del techo, hacia la izquierda, colgaba un cartel fluorescente en el que se podía leer "Vestuarios". El body marcaba todo lo que tenía que marcar en un sitio así, y me sentí algo más integrada. Para la próxima vez ya sabía que podía traer mis modelitos más atrevidos escondidos en la mochila y cambiarme ahí mismo. Ahora que estaba lista, era hora de buscar a mi jefa. Ingenua de mí, había pensado que el local sería pequeño. No hubiese creído que tanta gente estuviese dispuesta a financiar un lugar dedicado exclusivamente al sexo como para mantener un edificio entero solo para eso. Aún con todo, cuando me adentré más en la primera sala vi que había otra puerta en el extremo contrario. Me acerqué a ella y leí el cartel que había encima. "Hacia tu perdición". Abrí la puerta para ver unas escaleras que subían hasta el techo del edificio. No había ninguna cadenita bloqueando el paso a mitad de camino, de lo cual deduje que todo aquel bloque era para los huéspedes nocturnos. Me picaba la curiosidad, así que, en lugar de quedarme en la entrada esperando a mi jefa, me inventé la excusa de que seguramente ya había llegado y debía buscarla por el edificio para poder seguir explorando. El autoengaño es mi especialidad.

Las paredes que rodeaban las escaleras estaban decoradas con el tipo de fotografías a las que mi jefa y yo aspirábamos. Cuerpos semi-desnudos reclamando la atención del espectador. Hombres y mujeres desafiando las normas de lo permitido con su orientación sexual, su ropa y con lo que se mostraban haciendo en esas capturas. Miraban a la cámara, provocando, buscando la reacción de quien les observaba: indignación, vergüenza, envidia.

Al llegar al primer piso, vi que se extendía ante mí un pasillo plagado de puertas. Algunas de ellas estaban abiertas, mientras que otras permanecían cerradas con señales que indicaban los usos diversos que se les daba en otros momentos del día. Acababa de descubrir un nuevo universo del erotismo en mi ciudad: vestuarios, salas de fotografía y de grabación, salas de escritura... Ahora que sabía de las múltiples facetas del edificio (y el porqué de sus ventanas tapadas) todo tenía más sentido. El complejo tenía una vida diurna además de nocturna. Con tanta clientela el mantenimiento era mucho más asequible. Además así era más fácil mantener la fachada de "lugar respetable": un espacio donde los y las artistas iban a pasar el día sin exponer aquello que retrataban. La perversión se tapaba con una capa más de aparente normalidad.

Me paseé por las habitaciones que estaban abiertas. La estética seguía siendo la misma: salas oscuras con luces de colores sugerentes y muchos rincones sombríos donde esconderse para conocer a alguna otra visitante en profundidad. Sin embargo, aquí arriba cada uno de los cuartos tenía un color específico: morado, granate o azul. Tras fijarme un poco más me di cuenta de que los colores respondían a un código bastante evidente. En las salas granates tan solo había hombres y en las moradas sólo mujeres. En las azules se mezclaban tanto hombres como mujeres, en grupos de diversos tamaños. Había múltiples salas de cada color, cada una con sus artilugios. Algunas tenían látigos, otras antifaces y plumas, y había algunas que tan solo tenían divanes, cojines y sillones.

Entendí que se trataba de encontrar la que más le representase a una en cuanto a prácticas y a gustos. Un laberinto de colores y juguetes. Seguí explorando el edificio buscando una sala morada que encajase con lo que yo buscaba –y diciéndome a mí misma que seguía buscando a mi jefa– y acabé en la segunda planta, en un salón con una mesa repleta de frutas y otros alimentos. Esto parecía de mi estilo.

Había algunas mujeres ya ahí, pero pocas aún, y me resultaba incómodo ponerme a hablar con una mientras las demás esperaban o escuchaban nuestra conversación. Sin duda esto no era más que paranoia mía, puesto que la música seguía sonando en esta planta, aunque más baja que en la entrada principal, y sería difícil que alguien oyese una conversación ajena. Al fin y al cabo, estábamos en un club.

Cogí algo de fruta de la mesa y me senté a esperar. Así al menos parecería que estaba ocupada. Para tapar mi cobardía, seguía insistiéndome a mí misma en que simplemente estaba haciendo tiempo hasta que llegase mi jefa, mientras fichaba a alguna que otra de las mujeres que iban entrando en el cuarto. ¿Que cómo iba mi jefa a encontrarme? A eso ya no le daba tantas vueltas. Después de un tiempo el recinto empezó a llenarse notablemente y mi soledad se hacía más que evidente. Por suerte hay mujeres más valientes que yo, y una de ellas vino directa hacia mí y se sentó a mi lado.

—Hola, soy Verónica —me dijo.

Le respondí también con un simple "hola", esperando que ella tomase la iniciativa para ver cómo funcionaba el tema en este local. No sabía si estaba permitido liarse ahí mismo o si había que irse a otro sitio, por ejemplo. Igual hasta tenía que pagar por la fruta que me estaba comiendo y nadie me había informado.

A pesar de que se había hecho el silencio entre nosotras, ella me miraba fijamente, buscando mis ojos. Era una mujer algo mayor que yo, vestida con unas bragas altas con encaje a los lados y un top sin tirantes cubierto de purpurina que le daba un aspecto de diva del pop oscuro, y que le funcionaba bastante bien. La Madonna del pop-rock. Su pelo corto parecía inspirado en David Bowie, aunque la exposición de sus curvas la alejaban bastante de la androginia. Finalmente, intuyendo que esta mujer era una buena apuesta si quería que alguien me introdujese al protocolo esta noche, correspondí su mirada.

—Eres nueva, ¿no? Porque no te he visto nunca antes y no pareces saber muy bien qué hacer. La gente aquí no se queda sentada en un diván, esperando.

Se me escapó una risita nerviosa. Y yo que pensaba que estaba siendo discreta.

—Sí, la verdad es que no he venido nunca. Me invitó mi jefa esta semana.

—Anda, tu jefa —me contestó—. Qué cosa más curiosa, ¿no? ¿En qué trabajas?

—Soy fotógrafa, y he aceptado un trabajo hace poco con Madame Riox, no sé si la conoces, que consiste básicamente en fotografiarla desnuda, así que supongo que tan raro no es.

—Me imagino que eso dependerá de a quién se lo cuentes —Me sonrió, pero el silencio incómodo volvió a instalarse entre nosotras—. ¿Tienes experiencia? Fotografiar desnudos es de lo más difícil. Capturar la belleza del cuerpo humano en su momento de mayor vulnerabilidad, con todas sus imperfecciones expuestas... hace falta buen ojo.

—He hecho muchos autorretratos que parecen gustar.

—Interesante. La belleza propia suele ser la más difícil de ver. Aunque te sobre —dijo, mientras colocaba su dedo bajo mi mentón para alzar mi rostro y examinarlo. La miré con el ceño fruncido. ¿Qué confianzas eran esas?—. ¿Qué te parecería ser la cara visible de mi nueva campaña publicitaria? Siempre es más fácil trabajar con modelos que saben estar a los dos lados de la cámara.

Me explicó que llevaba una empresa de juguetes eróticos, por el momento exclusivamente online, lo cual se traducía en promociones constantes en redes sociales, y necesitaba a alguien a quien la gente pudiese asociar con la marca. Alguien que vendiese, o sea, una mujer joven y atractiva. Me sonrió de nuevo, aunque la sonrisa no llegó a sus ojos. Quizá pensaba que yo no podía ver que lo que me estaba diciendo le hacía daño. Pero cuando te pasas las horas muertas fotografiando caras, buscando una emoción lo suficientemente fuerte como para que se vea a través del papel fotográfico, acabas por poder leer las pulsiones de las personas que tienes delante de ti sin ningún problema. Incluso las más fugaces. Me aventuré a suponer que el dolor que le causaba su afirmación se debía a que la marca y los juguetes que diseñaba eran suyos, eran parte de su identidad. Y, sin embargo, algún idiota "experto" en marketing le había dicho que sería mejor si encontraba a otra mujer para posar en sus anuncios. Que ella no vendería. La habían desechado como si todo el esfuerzo que ella ponía en su marca fuese desdeñable. O quizá esa había sido directamente su experiencia; el mercado no entiende de sensibilidades, ni del bien y del mal. Lo peor es que desde mi punto de vista eso era absurdo, no sólo porque la estética no lo es todo, sino porque ella *sí vendía*. Era una mujer mayor... bueno, si una mujer de cuarenta y tantos se podía considerar mayor. En cualquier caso, desprendía un aura que la hacía irresistible, y era tan potente que yo la podría capturar sin problema.

—Si me das tu número puedo ponerme en contacto contigo cuando estemos en un ambiente más... profesional —dije, señalando con la cabeza a una pareja que se besaba en el sofá que teníamos al lado—. Puedo enseñarte mi porfolio, quizá mientras nos tomamos un café. Igual te interesa más que sea la fotógrafa que la modelo. Podemos verlo.

Mi tono no era tan neutral como me hubiese gustado y la voz me temblaba un poco. Su mirada tenía algo que me atascaba las palabras en la garganta, y estaba segura de que a otros les haría comprar sus juguetes, aunque la viesen desde el móvil. La sonrisa de mi acompañante se extendió por fin a todo su rostro, a la vez que un susurro de risa salía de entre sus labios.

—No creo que sea necesario ese café, ¿no? En realidad conozco a tu jefa y sé que tiene buen ojo. Puede que me pase alguna vez por su estudio y acabe en frente de tu objetivo. —Me guiñó un ojo—. Una pena. Quizá si no fuésemos posibles compañeras de trabajo podríamos haberlo pasado bien esta noche. No folles donde comes, o como se diga. Seguro que la Madame ya te lo ha dicho, ¿no? —me guiñó un ojo—. Pero podemos apañar una reunión en mi oficina para que veas si te interesa lo que tengo que ofrecerte. Puedes pasarte por...

—¡Hola! ¿Qué tal? —Una mujer había aparecido de repente a nuestras espaldas—. Soy Patricia. Os he visto aquí cotilleando y he pensado que, ya que hemos sido de las primeras en llegar, habría que conocerse. Así que aquí estoy. Además es que sois tan guapas, que no me he podido resistir, es como que algo me empujaba hacia vosotras. O igual es que he leído demasiadas novelas eróticas. Para inspirarme, ya sabéis... bueno, o igual no, ¡porque no me conocéis!

Al contrario que a mi anterior interlocutora, la sonrisa de esta mujer le llegaba a los ojos, casi literalmente. Parecía el gato Cheshire. Tanto era así que llegaba a ser inquietante. Además, ¿había respirado en algún momento desde que había empezado a hablar?

Miré alrededor. La sala estaba llena y su cara no me sonaba; no recordaba haberla visto al principio del todo, cuando solo éramos cuatro. Verónica y yo nos volvimos a presentar. Ella, mientras se acomodaba entre nosotras, nos contó que era una escritora de erótica que había aprendido de la existencia de la vida nocturna del local a través de sus servicios diurnos. Usaba las salas que ahora estaban cerradas como estudios para escribir. Añadió que la decoración le ayudaba a inspirarse, cosa nada sorprendente. Una noche se había quedado demasiado tiempo en la sala y había empezado a escuchar el latir de la música y al salir de su retiro literario, se había encontrado con esto.

—De hecho, la primera aventura que tuve aquí me salió gratis, ¡pero shhh! —dijo mientras se llevaba el dedo índice a los labios.

A juzgar por las ojeras, que en la penumbra violeta se intuían como manchas más oscuras bajo sus ojos, era una asidua visitante de la nocturnidad del edificio. Se la veía extremadamente cómoda a pesar de estar expuesta casi por completo. El tanga que llevaba se abrazaba a su pequeña cintura y hacía que sus esbeltas piernas pareciesen aún más largas. Vestía además un estrecho top que apenas cubría sus pequeños pechos y que dejaban adivinar unos pezones que me hicieron salivar de inmediato. Esa reacción me sorprendió; aquella joven no me había inspirado más que una ligera irritación hasta que se había sentado con nosotras. Ahora estaba tan cerca de mí que podía oler su perfume a lavanda como si hubiese zambullido mis manos entre un matojo de esa planta. Ese olor estaba reclamando mi atención de manera tan ineludible que sentía como si en lugar de dos extrañas fuésemos los dos lados contrarios de un imán.

Seguimos charlando un rato sobre nuestros trabajos. Quizá en otras situaciones ese tema hubiese sido una forma perfecta de alejarse de cualquier insinuación sexual, pero en nuestro caso nos acercaba peligrosamente. Yo miraba a Verónica y Verónica me miraba a mí, y mientras tanto Patricia intentaba interponerse entre nosotras con sus preguntas. Yo luchaba como podía contra esa repentina atracción que me inspiraba nuestra nueva compañera, pero no la lograba desestimar, a pesar de que no la sentía como mía. Me debatía entre echar a Patricia educadamente, pues quien me interesaba realmente no era ella, o dejarlo estar, ya que estaba haciendo un trabajo espectacular calentando el ambiente con el relato de su último trabajo. A decir verdad, tenía miedo de que si decidía largar a Patricia, Verónica se fuese también, y más ahora que nos consideraba "compañeras de trabajo".

A pesar de que nos sentíamos más cómodas mientras charlábamos, ninguna se decidía a dar el paso definitivo de invitar a las demás a abandonar la sala e ir a otro sitio más privado. Por curiosidad, decidí preguntar si todo el mundo que estaba ahí era trabajador del mundo de la erótica. Patricia se rio y contestó que obviamente no, que ese edificio, por fortuna, no estaba dedicado solamente a gente de ese ambiente laboral, ya que eso sería bastante endogámico y aburrido. El interés por la exploración sexual no es sólo para los profesionales. Ella había sido testigo de ello, y de hecho podía enseñarnos alguna que otra prueba, dijo, guiñándonos un ojo. Creo que ni Verónica ni yo entendimos a lo que se refería, pero con cada broma nos íbamos relajando un poco más; Patricia parecía encajar mejor tras arrancarnos una carcajada.

Junto con nuestra tensión se fueron liberando nuestros brazos, y empezamos a tocarnos. Una mano sobre un muslo con la excusa de un chiste, unos dedos que acariciaban la comisura de unos labios eliminando los restos de nata que habían quedado ahí atrapados tras comer alguna fresa... Patricia parecía la más desenfadada. Definitivamente era la que nos empujaba más hacia un encuentro sexual que hacia el descubrimiento de nuevas amistades. Y he de decir que se lo agradecí muchísimo, porque Verónica era un hueso duro de roer. ¿Era una mujer fiel a sus principios, o simplemente no quería ceder bajo ningún concepto? Evitaba tocarme demasiado, pero sus ojos se deslizaban hacia mí cada vez que Patricia soltaba alguna perlita soez. Miradas a escondidas de Patricia, pero que sabía que yo vería porque no podía despegar mis ojos de ella. ¿Qué quería? ¿Estaba jugando conmigo o me estaba invitando a algo más?

Mientras nuestra conversación avanzaba, veíamos cómo se iban formando otras parejas, tríos e incluso grupos más grandes. Nuestro comportamiento destacaba, pero por su formalidad. El ambiente se iba caldeando a nuestro alrededor. El aire estaba enrarecido con la tensión que se había acumulado, y las tres nos estábamos contagiando al respirarlo.

Finalmente se hizo evidente lo que iba a pasar. Nos habíamos acercado poco a poco y ahora apenas había espacio entre nuestros cuerpos. Con bastante elegancia para lo que esperaba de ella, Patricia nos acercó hacia sí y besó la comisura de nuestros labios. Me lo esperaba, pero a la vez fue una sorpresa, y esa sensación de relax y asombro hizo la experiencia aún más excitante. Notaba los labios de ambas; los de Patricia abiertos, invitándome a entrar, y los de Verónica cerrados, aún secos. Sin embargo, en apenas unas milésimas de segundo se abrieron también para besar exclusivamente a Patricia en los bordes del morado de su pintalabios, que sabía a cerezas. Después extendió el rastro púrpura del beso por sus mejillas y el contorno de sus ojos, dejándome a mí al margen de todo ello.

No voy a mentir: me frustró su actitud. Me alejé del rostro de Patricia, confundida, y vi cómo Verónica me miraba por el rabillo del ojo y sonreía. No me lo iba a poner fácil, si es que se planteaba siquiera incluirme en algún momento. Me tenía que ganar sus atenciones, parecía. No obstante se había topado con alguien igual de adicta a esa dinámica; alguien que siempre se salía con la suya. La competición había comenzado. Yo no sabía quién de nosotras dos vencería hoy, pero sin duda sería Patricia la que saldría ganando.

Su sonrisa, que me había parecido inquietante al principio, me parecía ahora sencillamente sobrenatural. Había espacio en esa sonrisa tanto para Verónica como para mí sin que nuestros labios se tocasen. Sin embargo estaba sujeta a las limitaciones de su rostro y, por tanto, introducir nuestras lenguas dentro de Patricia sin que coincidiesen en el espacio estaba descartado. Verónica se me adelantó y vi la serpiente rosada y húmeda salir de entre sus labios y adentrarse en el morado de Patricia, manchándose de su sabroso carmín. Miré a Verónica algo enfadada por habérseme adelantado, y vi un refulgir travieso en sus ojos.

Indignada, pero pretendiendo ocultarlo, me distancié de la boca de Patricia y descendí trazando su definida mandíbula desde la barbilla hasta el nacimiento del cuello, donde me enganché a su pequeña oreja, de lóbulo casi inexistente. Su piel parecía seda al tacto de mi lengua. Volví a mirar a Verónica, cuya mirada había sentido en mi nuca desde que me había movido. En cuanto nuestros ojos se encontraron, desvió la vista y pasó a devorar los labios de nuestra compañera como si yo no estuviese ahí. Ocupó casi todo el cuerpo de Patricia, dejándome fuera salvo por el rinconcito de piel al que yo ya estaba adherida.

Hasta aquí habíamos llegado. Intentando que no se notase, planté mi hombro contra la curva de su pecho y fui abriéndome paso de nuevo hasta el centro de Patricia, desviando su atención con besos. Una vez asentada en mi nueva posición empecé a dibujar círculos con la lengua que pasaban por encima de su yugular, dejando que la vena rebotase hasta la superficie antes de hundirla de nuevo. Acompañé los desvaríos de mi lengua con mordiscos que hicieron que Patricia enredase sus dedos en mi pelo. Parecía más débil de lo que era: su mano me tenía bien fija contra su cuello. Cuando paré un segundo a respirar, incrementó la presión; no había pausa que valiese.

No parecía una persona que se preocupase demasiado por lo que dirían los demás, y además trabajaba como escritora, aislada en una sala, así que empecé a succionar la fina piel de su cuello, segura de que una marca en el mismo no sería una preocupación para ella. Fui inmediatamente recompensada con un suspiro que hizo vibrar mi deseo y, unos instantes después, con el granate de la sangre fresca pintando un círculo en su impoluto cuello.

No sé que pretendíamos con esa competición improvisada y absurda, pero no me extrañó que Verónica se pusiera las pilas y decidiese dar un paso más allá. Tiró del tirante del fino top que llevaba Patricia y lo bajó hasta exponer el pezón izquierdo. Era de mis favoritos, con la areola blanda y respingona.

Verónica se chupó el pulgar mientras captaba la atención de Patricia y pasó a acariciarle el pezón, haciendo que brillase de saliva. Mi envidia se elevó hasta niveles insospechados. ¿Por qué se había empeñado esa mujer en torturarme de esta manera? ¿Por qué se negaba a tocarme, cuando en realidad lo estaba deseando? ¿Me saldría mejor rendirme, obedecer sus deseos, y simplemente esperar a que ella decidiese venir hasta mí? ¿Me daría eso una mejor posibilidad de que yo acabase en su punto de mira?

No, así no es como yo funciono. No me doblego. Así que seguí en mis trece, en una lucha con la que no había contado cuando acepté venir a este antro. Si ella iba a intentar vencerme en esta falsa competición, yo iba a usarla como diversión para la noche. *Win-win.*

El barullo de la sala se había acallado. Eché un vistazo alrededor para descubrir que la aparente calma que ahora reinaba en la habitación era consecuencia de que las bocas de las presentes se hallaban, como las nuestras, entretenidas en otros quehaceres distintos al habla. La sala se había vaciado ligeramente, ya que los grupos más grandes no cabían en los divanes, que ahora estaban todos ocupados por parejas y tríos a todos los niveles del sexo; desde besos y caricias a cuerpos desnudos que estaban siendo el festín de otros, embadurnados en nata y decorados con frutas. Un *peep show* para todos los gustos.

Incliné a Patricia sobre nuestro diván. Quedó semi-reclinada sobre los cojines del final, apoyada en el respaldo. Aunque no hubiese sido mi primer objetivo, no podía negar su belleza y la apetecible textura de su piel bajo las luces, que con su tono morado la hacía parecer exótica, extraterrestre. Retiré el tirante que quedaba y bajé el top para descubrir el segundo pecho, pequeño y tentador. Su pezón me instaba a lamerlo, a apretarlo entre mis labios hasta que se endureciese y prestase resistencia. Sin embargo, antes de eso quería ampliar nuestra experiencia. Las otras parejas me habían dado una idea. Me levanté del diván y corrí hasta la mesa, donde agarré la primera botella de nata que encontré.

Volví hasta donde se encontraban mis amantes lo más rápido que pude, apenas evitando los picos de los otros muebles desperdigados por la habitación. Al ver la imagen de Patricia estirada, con los ojos cerrados y los labios entreabiertos mientras Verónica la tocaba, sentí una pulsión entre mis piernas que me obligó a parar un segundo. Me invadió una necesidad imperiosa de tocarme, quizá incluso de adornar mi vulva con la nata que acababa de robar, para hacerla más apetecible, para que no tuviesen más remedio que venir a mí y devorarme. Quizá entonces Verónica no tendría problema en declararse perdedora.

Esa visión se fue tan rápido como vino, pero la imagen irresistible que tenía delante seguía ahí. Me subí de nuevo al diván y agité el bote. Ya podía notar el sabor de la nata mezclada con la piel de Patricia y se me hacía la boca agua. La delicia blanca hizo que el pecho libre de Patricia se asemejara a una montaña de deliciosa nieve. Cedí ante mi impulso y me lancé a besar esa piel tan suave. Ansiaba notar el frescor de la nata cediendo ante el calor de su piel. Lamí aquella maravilla hasta que quedaron limpios su pecho y mis labios. Aunque Verónica apareció a mi lado, imitándome en la elección de armas amatorias para con Patricia, no desvié la mirada de nuestra amante, tanto para seguir sus reacciones y perfeccionar mi estrategia como para evitar que Verónica supiese que seguía pendiente de cada uno de sus movimientos.

Patricia parecía no enterarse de la batalla silenciosa que estaba teniendo lugar entre nosotras y simplemente disfrutaba de nuestros cariños. Repetí el proceso de pringarla de blanco para probar nuevas ideas. Pasé la punta de mis dedos por la curva de su pecho para coleccionar aquel dulzor y después disfrutarlo en la boca. No pude evitar que se me escapase un quejido de placer ante el pico de azúcar en mis labios. Patricia me miró y se mordió la sonrisa, pero sus ojos me pedían que volviese a ella. Chupé toda la extensión de piel sobre la que aún quedaban restos de mi diversión y pasé a succionar con fuerza su pezón, para después mordisquearlo una vez iba tomando forma entre mis labios. Me maravillaba cómo su rostro iba cambiando de expresión ante mis cuidados. No lograba discernir claramente sus gemidos, puesto que se apagaban en el ambiente cargado de la habitación debido a los sonidos que hacían las demás parejas. Intuía que las paredes estaban insonorizadas y sentía que la atmósfera se había vuelto densa de todo el calor y el sudor de las mujeres que estaban divirtiéndose entre ellas.

Fue entonces cuando vi que Patricia había pasado a agarrar a Verónica del pelo. Intentó abrir las piernas, que se encontraron con las nuestras antes de poder salirse del diván. Entonces miré hacia Verónica, que me estaba observando ya. Se separó un poco del pecho de Patricia y trazó un círculo alrededor de su pezón, perfectamente erecto, con la lengua extendida, para que yo pudiese verlo con óptima definición. Me guiñó un ojo antes de seguir con lo que hacía. ¿Estaba intentando fardar?

Mi competitividad me incita a autoengañarme. Cuando creo que puede ser que pierda, me digo que no es una competición aunque en mi fuero interno sigo rivalizando, buscando la forma de sacar ventaja a cada momento. Si al final gano, sigo como si nada. Si pierdo, me enfado y me callo por orgullo, pero no lo dejo estar. Sigo en mi competición imaginaria hasta que consigo ganar, aunque el momento haya pasado, aunque nadie más sepa que estoy compitiendo. Una vez gano dentro de mi competición inventada, me calmo y se acaba la pelea.

Por eso es por lo que no podía dejarlo estar. Por mucho que me hubiese dicho a mí misma que estaba ahí para disfrutar del sexo, se plantease con Patricia, con Verónica o con ambas, Verónica había empezado una lucha que yo parecía destinada a perder, y no podía ignorarlo. No podía aceptar la derrota aunque Verónica pareciese más versada en el sexo, aunque estuviese siendo vencida en cada batalla. Aunque a Patricia le diese exactamente igual quién hacía qué. Sus gemidos más altos tenían que surgir gracias a mí.

Buscando posicionarme más cerca de la victoria, deslicé mi mano hacia el sur de Patricia mientras seguía concentrada en pintar su pezón con mi saliva. Su semi-desnudez ayudó a que pudiese levantar el borde de su tanga sin tener que mirar. Seguí bajando hasta que noté el vello que rodeaba el comienzo de su entrada.

Llegué a la parte más blanda del cuerpo de una mujer, esa que nos gusta confundir con almejas, todo para no decir la palabra sucia, maldita: vulva. Llegué hasta los labios que me habían hecho perder la cabeza en tantas otras situaciones, aunque con otras mujeres. Pero me retraje. Esta vez tenía que concentrarme en ella, no en lo que yo quisiera de ella. Si no sería imposible salir ganando.

La temperatura de la sala se había incrementado y aun así mis dedos notaron el cambio al llegar a su núcleo. Me pareció un poco raro que el cambio fuese tan definido. No fue cuando llegué a su pubis, ni siquiera cuando mis manos se deslizaron entre sus ingles, sino cuando tocaron su sexo. Lo achaqué a mi excitación; estaba tan desesperada por tocarla que alomejor mi cerebro había exagerado el momento.

El caso es que estaba donde quería estar para intentar sonsacarle un gemido tan profundo que hiciese vibrar el ansia en mi cuerpo. Abrí los dedos de la victoria y tracé la forma de Patricia, acariciando el corto pelo que le quedaba por aquella zona. Estaba suave, casi como si fuese el de la cabeza. ¿Qué haría para cuidarlo? A la vez me despegué al fin de su pezón y le mordisqueé el contorno del pecho, delicioso y terso en su pequeñez. Redoblé mis esfuerzos sobre Patricia, concentrando mi frustración por la frialdad de Verónica en ella y transformándola en agilidad entre sus piernas. Mis dedos se habían colado entre sus labios menores. Con una destreza que llevaba años entrenando, me empapé los dedos y esparcí su jugo por toda su vulva. Cuando mis dedos pudieron resbalar libremente por sus pliegues, los volví a juntar en el centro y los dejé resbalar desde la cúspide de su monte de Venus hacia el diván. Pasé primero por encima de su clítoris y después sobre sus labios, que se volvieron a abrir a mi paso. Hubo un cambio muy sutil: arqueó ligeramente la espalda y las cejas, sus labios formaron una pequeña grieta y se le tensaron los hombros. Lo estaba logrando.

Tracé el mismo recorrido varias veces a distintas velocidades, intentando averiguar cuál de ellas funcionaba mejor, fijándome en las reacciones más mínimas para descifrar a la mujer que tenía ante mí. Por unos instantes me olvidé de Verónica, de fijarme en si ella estaba contribuyendo al placer de Patricia o no. Sólo me di cuenta de que el juego había cambiado cuando noté movimiento a mi derecha y vi que Verónica se levantaba. Pensé que había vencido. Sin perder ni un segundo me moví hasta el interior del diván, entre las piernas de Patricia, que las había abierto tanto que podía ver algo del delicado vello asomando por los lados de su tanga. Deseando ver la inmensidad de su belleza, me arrodillé y le quité la ropa interior. Parecía palpitar, latir como si tuviese vida propia. Me asusté un poco. ¿Acaso estaba alucinando? Igual me había deshidratado por el calor que hacía ahí y mi cerebro me estaba jugando malas pasadas. ¿O es que el vapor de la sala estaba compuesto por algo más que el sudor de las presentes? ¿Había drogas 'vaporizables'?

Verónica me sacó de esas cavilaciones tan raras. No se había ido. Simplemente se había quitado la ropa y ahora se encaramaba al diván de nuevo, pero lejos de mí, en el otro extremo de Patricia, que sonreía como una hippie a la que le van a dar su siguiente chute. Verónica, sin embargo, no la miraba a ella, sino a mí. Con esa sonrisa que estaba empezando a odiar por la mezcla de deseo y frustración que revolvía en mi interior, descendió sobre el rostro de Patricia con su coño, bloqueando mi foco principal de información. Además se extendió sobre el diván para agarrar las manos de su presa y llevarlas hasta su torso y sus nalgas, guiándolas sobre su cuerpo para indicar exactamente cómo quería que la tocasen. No sólo no podía ver ya la cara de Patricia, sino que Verónica se había adueñado de todo el placer que Patricia podía activamente regalar.

Pero no iba a conseguir lo que quería. Al menos no a gusto. Dispuesta a hacerle ver lo que se estaba perdiendo, descendí por el cuerpo de Patricia hasta posicionar mi rostro entre sus piernas. Alcancé la lata de nata que había dejado al lado de nuestro asiento y pinté la sonrisa vertical de Patricia con un bigote blanco. A la vez que Verónica se sentaba definitivamente sobre el rostro de Patricia, yo saqué la lengua y la lamí por primera vez, llevándome la nata conmigo. Sin ningún disimulo acabé con la nata escapando por las esquinas de mi boca. Saqué la lengua de nuevo lo máximo que pude, estirándola para que fuese visible desde la posición de Verónica. Nuestras miradas se encontraron. No sé si en la suya había enfado o lujuria. Puede que las dos. Empecé a trazar círculos finos, tan sólo con la punta de la lengua, pero firmes. Verónica empezó a moverse en círculos también sobre la cara de Patricia, mientras que esta última dejó caer las piernas por los lados del diván, dándome vía libre. Planté cada mano en una de sus ingles y lamí casi desde la tela del mueble hacia arriba por sus labios. Ya no había casi nata, pero aproveché para rebañar hasta las últimas trazas.

Introduje los labios de Patricia en mi boca y los masajeé entre los míos usando la lengua. Verónica se dejó caer sobre ella, obligando a Patricia a imitar mis movimientos sin saberlo. Parecía que a Patricia eso le gustó, puesto que entrelazó las piernas sobre mis hombros y me empujó hacia ella, sin dejarme respirar apenas entre sus pliegues.

Sabía dulce y salada, quizá por las frutas que había comido antes. En cualquier caso, era una delicia. Instigada por el sabor, redoblé mi actividad entre sus piernas, lamiendo sus labios, introduciendo mi lengua en su interior, intentando exprimirle todo su jugo. Con las manos a ambos lados de su vulva, le abrí los labios, despejando el camino y apartando el ligero vello que la cubría. Estiré la lengua lo máximo que pude y volví a mirar a Verónica mientras rebañaba el flujo de Patricia. Sus ojos se entrecerraron, frunció el ceño y apretó los labios. Patricia sonreía como podía bajo el peso de Verónica. Yo me empleé a fondo en las delicias que saboreaba.

Por un segundo me olvidé de que había más que placer en juego, de que la competición no había concluido aún, aunque sólo fuese mía, aunque fuese inventada. Cerré los ojos y lamí y relamí. Disfruté de la maleabilidad de los labios de Patricia y de la dureza de su clítoris erecto, bien notable, reclamando mis atenciones. Pero entonces escuché a Verónica gemir y volví al presente. Se movía con desenfreno sobre Patricia, que ahora estaba agarrada a sus caderas, no sé si por gusto o por pura supervivencia. Nuestros ojos se encontraron y parecía que hubiese un hilo uniéndonos, tan helado que quemaba. Pensándolo más tarde no pude comprender de dónde había salido tanta furia. Supongo que mi ego necesitaba saber que Verónica se había adentrado en ese juego, no por Patricia, sino por mí, pero la intensidad de las emociones había sobrepasado los límites de lo racional. Y supongo también que a Verónica le pasaba lo mismo.

En ese momento daba igual. Seguía bebiendo del flujo de Patricia como si no hubiese un mañana, casi obsesivamente, mientras miraba a Verónica. No podía aguantar más y hacerme la dura, así que comencé a tocarme. Fue como un fogonazo de sensaciones que se transformó en un empeño sobrenatural por darme placer y dárselo también a Patricia. Sus gemidos se hicieron tan sonoros que se podían oír por encima de los ruidos de Verónica sobre el diván y los del resto de mujeres de la habitación. Eso hizo que el tercer componente de nuestro trío perdiese el control y llegase con un escandaloso grito, no sin antes abrirse el coño para darme una visión lo más extensa posible de él sin que pudiese llegar a tocarlo. Visión HD a distancia.

Fue demasiado. Bastante más discreta que mi compañera y competidora, llegué con un resoplido contra los labios de Patricia. Sentí como si se me saliese la fuerza por la boca, un agotamiento absoluto que vi reflejado también en Verónica, que estaba a cuatro patas con los ojos a medio cerrar todavía subida encima de Patricia. Esta última, sin embargo, parecía vigorizada y resplandeciente de una forma muy literal.

El efecto no duró más de unos instantes. Igual era consecuencia de ese cansancio que parecía haberme invadido tan repentinamente. Teniendo en cuenta que debían ser las cuatro de la madrugada y acababa de bajar de un pico de excitación tremendo, no me extrañaba. Mientras

Verónica y yo nos recuperábamos, Patricia se escabulló hasta la mesa y trajo de vuelta un buen surtido de fruta. Sin decir ni una palabra, comenzamos a comer, no, a *engullir* la comida mientras Patricia nos sonreía. Cuando nos hubimos acabado el plato de fruta, se levantó y se despidió como si nada.

—Hasta luego chicas, ya nos veremos por aquí otro día, ¿no?

A continuación nos dio la espalda y se marchó sin más. Aun cuando su silueta ya había desaparecido tras la puerta, yo estaba segura de seguir sintiendo su extraña sonrisa por la sala.

¿Quién sospecharía?

SOR ÁGATA SE PRESENTÓ en los nuevos aposentos de Inés sin llamar. El respeto a la privacidad no era una de las virtudes que se predicaban en aquel convento.

—Ya está aquí la señorita Clara, hermana Inés.

—Gracias. En seguida salgo a recibirla.

—Recordad que habéis de tener cuidado. La zona trasera del jardín estará vacía hasta dentro de unas horas pero nadie debe veros caminar solas hasta ahí.

—No se preocupe, sor Ágata. Lo último que desearía es que hubiese un escándalo concerniente a este convento. De ser así, me mandarían a otro, en el mejor de los casos, y dudo que haya muchas congregaciones religiosas en las que se practique el amor al prójimo y la compasión tanto como aquí.

Aquel tono burlón solía espantar a las mujeres que habían intentado meter a Inés en vereda —jamás podrían responderle con tanto desparpajo—, pero sor Ágata era imperturbable. Al ver que no se marchaba, Inés continuó.

—Le estoy muy agradecida, no tiene nada que temer por mi parte. Sin embargo, me consta que es usted la única conocedora de quiénes somos las pecadoras. Todas sabemos que hay más, pero no conocemos sus nombres. Eso nos deja en una posición de vulnerabilidad que a mí, personalmente, me incomoda, ¿entiende?

Sor Ágata tenía la mirada perdida y una sonrisa contenida en el rostro. Parecía mirar a través de su interlocutora, un truco que usaba mucho cuando pretendía evitar algún tema. Pero Inés sabía que era solo una fachada. Sor Ágata no tenía ni un pelo ni de ingenua ni de inocente. De ser así, los ejecutores de la moral hubiesen quemado el convento, ajusticiado a las monjas y disgregado la congregación años atrás. No eran buenos tiempos para cuestionar a los líderes de la Iglesia. Bueno, ni a los líderes de la casa tampoco. Ni a los del reino. Inés no sabía si su intenso desagrado hacia los hombres se fundamentaba más en la avidez de poder que profesaban o en la violencia que ejercían contra todo lo que no les incumbía directamente. En cuanto oyesen que había un grupo de mujeres al que no habían conseguido someter, ni a través de la religión ni del matrimonio, el convento sería reducido a cenizas.

—Estoy segura de que, si así lo deseáramos, podríamos encontrarnos fácilmente —terminó Inés, dándose un ligero apretón en los pechos y guiñándole un ojo a su superiora antes de taparse con el hábito de monja. No era el traje que acostumbraba a llevar cuando se encontraba a solas, algo que ocurría con frecuencia debido a su posición económica. Prefería andar en ropa interior o incluso desnuda durante sus momentos de intimidad antes que colocarse la vestimenta que representaba su encierro.

—Ni su actitud ni el cumplimiento de su palabra le vendrá bien, hermana. El silencio es esencial para que este convento sobreviva, especialmente con eslabones tan débiles como usted. Si me viese obligada a elegir entre la hija de unos nobles y el resto de mis protegidas, no crea que su rango social le salvaría de nuevo.

Al fin, sor Ágata se marchó, cerrando la pesada puerta de madera tras de sí. Inés esperó un tiempo prudencial antes de volver a abrirla con cautela y mirar hacia los lados al salir. El eco de los pasillos le confirmó que no había ni una sola alma en pena por ahí. Se preguntó si sor Ágata tendría algún cuaderno escondido en su habitación con todos los nombres, las horas, y las parejas perfectamente organizado para evitar encontronazos problemáticos. Qué bonito sería; una lista eterna de todas las herejes lesbianas que habían pisado ese templo sagrado sin arder.

Se preguntó también si la propia sor Ágata se encontraría entre esas hojas. ¿Habría comenzado a investigar los pasadizos secretos, los rincones ciegos del jardín y las salas con pestillo para coincidir a escondidas con alguna de sus compañeras de vocación? ¿Había sido este un convento pecaminoso ya antes de que ella fuese la máxima responsable? Seguramente nunca lo sabría, puesto que esa información, de existir, estaría muy bien guardada en los aposentos de sor Ágata, la cual jamás compartiría ese secreto con nadie, y menos con Inés.

Daba lo mismo. Ahora lo único que le importaba era llegar hasta el jardín sin ser vista y reunirse ahí con Clara. Hacía ya dos semanas que nos se veían y su corazón –y, para ser sinceras, también su entrepierna– palpitaban de la emoción.

Clara era una delicia para los sentidos. Todos los señoritos de la región se postraban ante sus pies ansiando que eligiese a alguno como marido. Algún día tendría que pasar. Inés intentaba convencerse de que el corazón de la mujer que amaba siempre sería suyo, aunque con todas las dificultades que suponía su presidio de cadenas invisibles, la relación se volvía cada vez más tirante.

Desde el momento en que entró en el convento, Inés se empezó a dar cuenta de que la vida fácil que había vivido hasta el momento se había convertido en una maldición. Nadie deseaba la vida de la plebe, pero haber vivido entre almohadones hacía que el mínimo inconveniente se tornase un obstáculo inabarcable. Y lo que le había ocurrido aquella primavera no era mínimo en absoluto. Horas marcadas de sueño, comida escasa y simple, normas y más normas... y, lo más importante: el encierro. El rechazo de su familia. La vergüenza.

Clara no entendía muchas de las sensaciones que Inés le intentaba transmitir para que la comprendiese, y a veces perdía la paciencia con su humor hostil. Después hacían las paces, pero la situación cada vez era más precaria. Sin embargo, Inés confiaba en que terminarían por solucionarlo; al fin y al cabo, Clara no la había abandonado aun cuando hubiese sido la salida más fácil. Después de que estallase el escándalo, rápidamente acallado pero aun así lo suficientemente aireado, Clara había hecho una semana de huelga de hambre y de silencio para que sus padres la dejasen visitar a Inés en el convento. Y estos sólo habían accedido tras cerciorarse de que nadie salvo la madre superiora supiese que había estado ahí. Temían que se le asociara con esa aberración de la naturaleza, pero no se les pasaba por la cabeza que su hija tuviese motivos más allá de la pura amistad para visitar a Inés en el convento.

Y precisamente por esa misma reacción, Clara sabía que, por mucho que quisiera a Inés, protegería su propio secreto costase lo que costase. No podría resistir ver el asco reflejado en los ojos de sus progenitores. Y si para evitarlo debía casarse con alguno de aquellos imbéciles que se arrodillaban ante ella con la baba empapando el suelo y sus grasientas manos tanteando el aire para tocarla, lo haría. Por el momento, sólo quedaba esperar. Clara había oído rumores de que el hijo del señor de las tierras de al lado planeaba visitarla en breve. Su familia estaría encantada, puesto que ellos, aunque ricos, eran nobleza baja, mientras que la familia vecina era casi familia directa del rey. Esa distinción era la razón por la que había tardado tanto en venir; la belleza y riqueza de Clara no eran mérito suficiente para los padres de aquel muchacho como para casar a su hijo con ella de buenas a primeras. Había tenido que hacer una campaña intensa a su favor para convencerles. Y eso le hacía mucho más obstinado, y mucho más peligroso si ella hubiese pretendido decir que no; suerte que en cuanto le viese entrar por la puerta accedería a casarse con él. Así se trasladaría a tan sólo un día de viaje del convento, y podría ir a visitar a Inés con frecuencia. ¿Quién iba a sospechar de dos amigas de la infancia después de que una de ellas se casara con la realeza?

Cuando Inés vio a Clara esperándola con el sombrero rosa, que estaba segura de que acababa de comprar, casi le dio la risa. Se le había olvidado cómo era aquello de adornarse cada vez que salía a la calle o había visita. Aquel ritual era una de las pocas cosas que no echaba de menos de vivir en sociedad: llevar el pelo tirante y el corsé de forma que apenas le dejara respirar, o andar siempre pendiente de que no se le viesen siquiera los tobillos. Prefería los hábitos de monja, aunque tenía que admitir que si le ofreciesen volver a pisar el mundo exterior, retomaría ese baile ridículo de galantería sin pensárselo dos veces.

Clara sonrió al ver a Inés, pero las comisuras de sus labios parecían cargar tal peso que bajaron de nuevo casi instantáneamente.

—Hola. ¿Cómo estás? —le preguntó desabrochándose el ridículo sombrero.

La mirada de Inés le aclaró la respuesta mejor que las palabras.

—¿Cómo voy a estar? Ando aquí encerrada desde hace meses. No he visto a mi familia desde aquel día, no tengo contacto con el exterior salvo por ti. —A pesar de la negatividad que emanaba de ella, Inés le dedicó una sonrisa fugaz a su interlocutora, consciente de que aquello era un riesgo para Clara y que podía perderla fácilmente. Se le hizo un nudo en el estómago, pero siguió.

— Jamás podré ser libre de nuevo porque otros se avergüenzan de mí. —La sonrisa, que había estado teñida de angustia y tristeza, se transformó en lágrimas que se quedaron al borde de sus ojos, dudando si caer o no—. Pero no es el momento de hablar de eso ahora. Apenas tenemos unas horas para vernos, así que mejor hablar de cosas felices o, mejor incluso, no hablar.

Inés intentó una nueva sonrisa, pero no le salió. Aun así alcanzó el rostro de Clara con la mano y acarició la piel suave y perfumada de su amante. Había pensado largo y tendido sobre su situación, lo tenía todo clarísimo en su mente y, sin embargo, cuando intentaba explicarlo, las palabras se le agolpaban en la garganta, perdía la resolución, y sólo le salía llorar. La única forma que le quedaba de comunicar su angustia era a través de su cuerpo. Lograba liberar el estrés que le empañaba los días, y le ayudaba a canalizar el agradecimiento que sentía de que al menos Clara no la hubiese abandonado. Amar a su compañera sin restricciones le permitía tirar por la borda la reserva y la responsabilidad que le intentaban inculcar en aquel lugar santificado, y le hacía sentir que aún estaban tan unidas como lo habían estado en su hogar, al amparo del jaleo de las galas que organizaban sus padres, escondidas por el secretismo de una habitación iluminada con una sola vela.

—Siempre estás pensando en lo mismo. Ya no quieres hablar conmigo de nada más.

—Eso no es cierto —dijo Inés, deslizando sus brazos alrededor de las caderas de Clara—. Es que apenas tenemos tiempo para vernos y no quiero contagiarte mi pena porque no hay nada que podamos hacer. Desgraciadamente, esto es lo que consume mi alma, pero cuando vienes tú, me das un soplo de aire fresco. Hasta hueles distinto a este polvoriento convento. Me traes alegría y, claro, eso reaviva mi llama...

Inés se acercó a la boca de Clara mientras le sostenía la mirada. Cerró los ojos cuando sus labios se tocaron. Pero el beso duró poco. Clara se separó casi al instante, mirando alrededor. Sus ojos se movían de lado a lado a una velocidad casi increíble. Ella aún tenía mucho que perder.

—No hay nadie, ya sabes que sor Ágata se encarga de eso.

A pesar de hablar con semejante seguridad, Inés se quedó meditando qué hacer. Clara seguía sin estar cómoda, eso era evidente.

—Quizás sea mejor que nos sentemos un rato en la hierba. Vayamos al fondo del jardín si eso te hace sentir mejor.

Agarró a su compañera del brazo en lugar de la cadera, para que se relajase. No estaba dispuesta a presionarla y arruinar las breves ocasiones en las que podían disfrutar juntas. Como vio que a pesar de sus intentos y su conversación más amena Clara no se tranquilizaba, Inés sacó el tema que, a veces, en las noches más duras, le impedía dormir.

—Clara... ¿quieres seguir viniendo? Igual esto no es bueno para ti. Corres el riesgo de que tus padres descubran la verdad, y entonces ¿qué? Te aseguro que estar encerrada aquí no es nada agradable.

—¡Inés! Ni se te ocurra decir eso. Nadie me obliga a venir y soy perfectamente consciente de lo que puedo perder. Pero no te abandonaré así como así. No quiero estar con otra persona. No eres un complemento de quita y pon, así que voy a seguir viniendo, al menos hasta que me lo prohíban. O nos descubran... pero si empieza a ser demasiado arriesgado de nuevo, podemos vernos sin besarnos, ¿no? Como amigas. Hasta que se calmen las aguas, como hicimos al principio del todo —Inés frunció el ceño—. ¿O es que eso es lo único que quieres de mí?

—No, ya te lo he dicho. Pero entonces solo seríamos amigas, ¿no crees? Y nosotras somos bastante más que eso. Ya no quiero adornar quien soy para que los demás estén cómodos.

—Entonces ¿son solo las relaciones carnales las que nos hacen pareja, las que nos hacen peligrosas? Yo te quiero con y sin... eso. —Clara se comenzó a sonrojar. No estaba acostumbrada a decir palabras malsonantes tan a la ligera, pero el enfado le hacía perder el control—. Te pondría a ti antes que a casi cualquier persona. Eso es el amor, ¿no? Parece que no supieras que nuestra relación despierta inquietudes aun cuando piensan que somos solo amigas. Mis padres no me querían dejar venir a verte, no porque pensaran que nos traíamos algo entre manos nostras dos, su hijita querida nunca haría *eso* ¡sino porque no entendían que nuestra amistad fuese más fuerte que el ostracismo! Así que no intentes convencerme de que mantenga relaciones contigo como demostración de amor. Esa es la estrategia más baja que jamás he presenciado, y no creas que no la he oído antes.

Habían continuado paseando por el jardín, adentrándose cada vez más hacia el final del mismo. Se sentaron detrás de unos arbustos de flores púrpura que marcaban la linde de la verde extensión que era propiedad del convento. Ahí nadie las vería.

Inés decidió dejar las insinuaciones por un rato, puesto que parecía evidente que para Clara era un tema sensible y que ya había quedado algo emponzoñado. Continuaron charlando, e Inés redirigió la conversación a temas más relajados. Hablaron de cómo estaban los padres de Clara, del nuevo potro que habían adquirido, y finalmente, de la fila de galanes que se extendía cada semana a la puerta de su mansión. A Inés le dolía y le emocionaba a partes iguales. Cuando se asomaba un poco más al interior de su mente, se daba cuenta de que su fijación por reencontrarse con la carne de Clara cuando la veía no venía tanto de un deseo irrefrenable por su figura, sino más del miedo, siempre presente, de que Clara eligiese el camino sencillo. Por eso quería tenerla siempre lo más cerca posible, piel con piel. Porque, ¿y si la semana siguiente no volvía? Clara aún estaba a tiempo de casarse y tener hijos, en definitiva, de vivir una vida normal. Sería, sin duda, más fácil que seguir con las mentiras, escondiéndose de todo el mundo tras arbustos sobrecrecidos. ¿Podría forzarse Clara a amar a un hombre por lograr encajar y amoldarse a lo que se esperaba de ella?

Y, sin embargo, en lo profundo de su corazón sabía que las dudas que tenía sobre la lealtad de Clara no estaban fundamentadas, aunque aún conservara el miedo que las dos habían sentido cuando se encontraban en secreto en sus aposentos en las noches de gala. En aquel momento, Inés también hubiese hecho cualquier cosa para que no las descubriesen, quizá incluso casarse, pero la habían pillado demasiado pronto. Suerte que se habían escrito las cartas con pseudónimos y que Clara había quemado las suyas tras leerlas. Estaba claro que ella era la más inteligente de las dos. Clara haría todo lo que pudiese para mantener la fachada que las protegía: organizaría una boda y múltiples bautizos, incluso, pero su amor sería siempre para Inés. No quería ni pensar lo duro que sería eso para ella. Al menos Inés ya no tenía que llevar careta, y podía jactarse de saber que, pasase lo que pasase en la mansión de Clara, ella volvía una y otra vez al convento, a Inés.

Llevada por la emoción y por el dolor de su difícil existencia, Inés miró a Clara fijamente. No vio nada distinto, aun visto bajo otra luz. Vio a una mujer como cualquier otra, y vio al amor de su vida. El que había resistido cuando las cosas se habían puesto difíciles, manteniendo el equilibrio con maestría en una cuerda floja de medias mentiras que podría haber acabado con su libertad para seguir viéndose. Que había domesticado el miedo, aunque volviese a mostrar su feo rostro de vez en cuando. Clara parecía tan frágil. Pálida, delgada, asustada. No era consciente de su propia fuerza. La intensidad de la mirada de Inés hizo reír a Clara mientras esquivaba su mirada.

—¿Qué pasa? ¿Por qué me miras así?

—Por nada. Simplemente me encandilas.

A Inés no le interesaba seguir hablando, y mucho menos hablar del dolor que sentía ante la ingenuidad de su amante. Juzgando por la posición del sol, ya no les debía quedar mucho tiempo juntas. Quería respetar los nervios de Clara, pero no quería irse sin un beso al menos.

El sonido de las hojas moviéndose bajo su peso alertó a Clara de que Inés se acercaba. Esta posó sus labios sobre los de su novia, aprovechando que se había girado para mirarla. El primer instinto de Clara fue tensarse, pero se relajó al recordar que estaban en un lugar seguro. El calor de sus bocas les hizo olvidar la prudencia. ¿Cómo podía estar mal sentirse en casa?

Besarse era como girar el reloj de arena de la paciencia, del aguante. La saliva de la otra les daba la vida. Nadie les había explicado lo que tenían que hacer y, sin embargo, habían perfeccionado el ritual.

Inés deslizó el reverso de su mano por la mejilla de Clara, alzando su barbilla al final del trazo. El rojo de sus labios se había corrido por su rostro, y tanto en las manos como en los labios de Inés quedaron restos del carmín cuando intentó limpiarlo, pero Clara la apartó rápidamente. Ya tendría tiempo en el carruaje de arreglarlo.

Inés, sin embargo, iría corriendo más tarde a verse en el espejo, para recordar las emociones que sentía ahora al mancharse. A pesar de haber repartido el pintalabios entre las dos, los labios de Clara seguían luciendo un rojo intenso, irritados e hinchados de rozarse con los de su Inés, interrumpidos esporádicamente con mordiscos. Ambas sentían que se les acababa el aliento y aun así seguían, se alimentaban como podían del hálito de la otra y del poco aire fresco que se colaba por los resquicios que dejaban sus rostros.

Inés nunca había sido fan del invierno. Este significaba que se acababan los almuerzos al aire libre y los paseos sin complicaciones, sin nieve, ya fuera a caballo o andando. Significaba frío y oscuridad, y juegos de mesa en lugar de aventuras por las tierras de su familia sin tener que ser supervisada constantemente. En verano podía al fin estar sola. Pero al llegar al convento, eso había cambiado. Estaba segura de que echaría de menos los paseos por el jardín y la verdura fresca del huerto en verano, pero la madre superiora se vería obligada a darle a Clara y a ella una sala en el interior del convento cuando empezasen a bajar las temperaturas. El camino hasta dicha sala sería más arriesgado, puesto que todas las muchachas que ahí se hospedaban andarían deambulando por los pasillos, pero una vez dentro, los candados asegurarían la posibilidad de desnudarse sin miedo. Al contrario que ahora, en el jardín. Aunque el nerviosismo de Clara se había difuminado una vez habían comenzado los besos, Inés sabía que no se dejaría desnudar, tanto por vergüenza como por el desasosiego que le generaban la hierba y los bichos.

Inés tendría que lidiar con las faldas de Clara que se metían en medio y el corsé que bloqueaba sus pechos. Era frustrante moverse entre la tela y las ramas del arbusto, pero tenía demasiada necesidad de Clara como para que esas nimiedades le frenasen. Besó los pechos de su enamorada, rebosantes por la presión del corsé. La certeza de hallarse tan cerca de aquella rosada piel que nadie más debía ver le provocó un escalofrío. Tan visible y tan prohibida, la eterna dicotomía de las mujeres. Desvestidas pero recatadas.

Podía sentir en su lengua el contraste entre el frescor de la carne expuesta y el calor que manaba de entre los dos pechos. Un entrante tentador al calor del cuerpo de su amada, al que, por el momento, no podía acceder.

El pelo de Clara se enredó en los arbustos al echar la cabeza hacia atrás, liberando espacio para que Inés pudiese seguir lamiendo su piel. Habían sido educadas en el silencio y, aunque generalmente tenían gran autocontrol, cuando Inés daba rienda suelta a su lujuria, a Clara le costaba mucho no unirse. Si accedía a los primeros besos, se dejaría llevar y no podría parar hasta que su cuerpo clamase tregua.

Clara empujó la cara de su amante entre sus pechos. Inés aprovechó para inspirar su olor. La cruz que se escondía entre los dos montes que tanto adoraba fue un indeseado recordatorio de la jaula que la contenía. Entre las multitudes que promulgaban el amor al prójimo, la asfixia era todavía más palpable. Si no encajabas en su molde, se hacía complicado respirar.

A pesar del armatoste que envolvía a Clara, Inés logró liberar los pechos a base de lametazos y pequeños empujones con la nariz, emancipando poco a poco la carne que quería devorar. Observó como el corsé se contraía, elevando esas delicias por encima de los alambres. Acto seguido, recorrió la piel translúcida hasta llegar al cuello, mientras Clara colaba sus manos por debajo de los atuendos de Inés, tocando una piel que tampoco había sido besada por el sol jamás. Los ungüentos de las curanderas y la falta de trabajo, se habían encargado de mantenerla suave como la de un bebé.

El tiempo corría. Podían ver como el atardecer iba persiguiendo su deseo, y la angustia de la despedida sumaba a la agitación de ambas. No había tiempo que perder, así que Inés se coló entre las faldas de Clara. La fragancia de su cuerpo se concentraba bajo el manto de ropa, y se mezclaba con aquel más intenso que era específico de la joya entre sus piernas. Le esperaba una delicia, una oportunidad de deleite entre tanta tristeza. Dicen que la felicidad está en dar, y que es incompatible con el apuro del placer, y en aquel instante Inés no podía estar más de acuerdo.

Como si se tratara de las aventuras que corría de pequeña, Inés gateó por el túnel que formaban las piernas de su novia, besando aquellas extremidades que la habían traído hasta ella.

También agitada e impaciente, Clara elevó las caderas para que Inés pudiese bajarle la ropa interior. Haber avistado el tesoro volvió algo demente a Inés y sonó un claro crack que indicaba que alguna costura había cedido. A pesar del miedo que hubiese suscitado en Clara ese sonido si estuviese en sus cabales, lo ignoró y animó a Inés a seguir su exploración con un movimiento de cadera.

Inés, fascinada con el órgano húmedo y caliente que tenía delante, se tomó su tiempo en acceder a él, jugando con el deseo de su compañera, abriendo los labios primero para apartar el vello salvaje que le haría el abordaje más incómodo.

Su lengua se deslizó entre sus dientes, intrépida pero lenta: si comenzaba a lamer, aquella visión que tenía ahora delante desaparecería por la cercanía de su rostro al preciado tesoro. A pesar de sus intenciones, Inés no pudo aguantar demasiado antes de buscar el suave tacto de los labios de Clara, así que intentando guardar en su memoria aquella esplendorosa imagen para momentos más solitarios, se acercó hasta ella para rozarla con su lengua.

Al tocarla, oyó algo como un carraspeo. No parecía la reacción habitual de Clara, pero siguió, creyendo que su amante pretendía ser discreta y aguantar el gemido que podía delatarlas. Escuchó un segundo carraspeo, e instantes después la mano de Clara chocó contra su frente –por suerte acolchada por la ropa de la agresora– y la paró en seco.

Inés retrocedió como pudo hasta salir de entre las faldas, con el ceño fruncido. Clara nunca la había parado anteriormente. Pero cuando pudo ver su rostro, girado y más pálido de lo normal, supo que no era ella el problema. Despacio, con las mejillas sonrojadas de antemano de excitación y vergüenza, siguió la mirada de Clara hasta encontrar el severo rostro de sor Ágata, que las estudiaba con los brazos cruzados. Sus labios, que apuntaban hacia el suelo, sentenciaron lo evidente:

—Ya es la hora. Dense prisa.

Sor Ágata giró sobre sus talones y esperó. Clara se levantó como si tuviese una fogata bajo las nalgas y se pellizcó varias veces la sensible piel en la que Inés se había deleitado hacía algunos momentos al intentar volver a colocar sus pechos en la prisión que era su vestimenta. Inés, en apariencia mucho más calmada, se colocó el hábito y alisó las faldas de su amada.

Clara no podía siquiera mirarla a los ojos, pero le apretó la mano para darle las gracias por adecentarla. En un ritual absurdo que Inés solo seguía para complacer a Clara, se dieron dos besos de despedida en las mejillas y se dijeron adiós como buenas amigas, con las frases generalmente vacías que prometen reencuentros tempranos y palabras amables para la familia.

Tras una última despedida silenciosa, Clara desapareció tras la esquina del arbusto, más preciosa que nunca por el color de la lascivia que permanecía en su rostro. Inés esperó unos segundos antes de marcharse por el otro lado, decidida a vagar por el jardín un rato hasta que se le calmasen los ánimos para asistir a la misa de la tarde. No albergaba mucho respeto por la institución que la había encerrado en una jaula de oro, pero no quería lidiar con los pensamientos intrusivos que supondrían las piernas abiertas de Clara estando rodeada de beatas rezando el Ave María. Las asociaciones que podía acabar formando no le traerían nada bueno.

Cántame al oído

LAS LUCES ILUMINARON el escenario con un brillo inicialmente deslumbrante que se extendió con algo menos de intensidad por el resto de la sala. Yo, que estaba al comienzo de la misma, podía ver a aquellos que se encontraban a mi lado tan bien como veía el escenario. Estábamos todos embelesados mirando hacia los focos. La emoción se respiraba en el ambiente. Para muchos, aquella sería una noche especial, divertida, pero no tendría ni punto de comparación con la mía. Además de escuchar a una de mis artistas favoritas, podría conocerla. Mi amiga Vero me había dicho que me pasara al backstage después del espectáculo para simular un encuentro casual con Maya y pedirle un autógrafo. Estaba segura de que la artista no tendría ningún interés en que alguien viniese a molestarla tras el concierto, pero no podía dejar pasar aquella oportunidad.

El local era relativamente pequeño. Maya aún no era una artista archiconocida, pero justamente son los conciertos de estrellas nacientes los que merecen más la pena, si tienes buen oído. Te ahorras el estrés de llegar horas antes para hacer cola porque, estés donde estés, el escenario es más que una simple miniatura en la distancia, y le puedes ver la cara a la artista que se desvive encima de las tablas.

Además, generalmente la sala no se llena, así que se puede disfrutar del show sin codazos en las costillas, y sin el sudor de los demás espectadores dándote en la cara con cada sacudida de sus cuerpos extasiados. Aunque parece ser que yo a esta artista la había descubierto cuando rondaba el límite de la fama que empieza a incomodar. Se podía ver que era una estrella en auge, y todas las personas que queríamos escucharla en vivo mientras todavía cantase en espacios acogedores y baratos habíamos acudido en masa. Aquella noche estábamos más apretujados de lo normal; el pelo se me estaba pegando a la cara con la humedad de mi propio sudor y el vapor que acompaña siempre al gentío cuando se concentra en un sitio cerrado.

Intenté convencer a Maya telepáticamente de que saliera al escenario, a sabiendas de que en cuanto la viese se me olvidarían todas las molestias que padecía. Parece que funcionó: apareció casi inmediatamente. Se posicionó en medio del escenario y respiró profundamente varias veces con los ojos cerrados. Su vulnerabilidad me recordó que era sencillamente humana, y no la diosa de la música en la que yo la había convertido en mi cabeza. Sin embargo, aquella reflexión se esfumó en cuanto escuché su voz.

Abrió la boca ligeramente y sentí como el gentío aguantaba la respiración esperando a que comenzara. La primera nota salió de entre sus labios como si fuese caramelo líquido: espeso, suave y deliciosamente cremoso. Sentí que el diafragma se me derretía y que mi corazón y mi estómago se mezclaban lentamente; amor e instinto se hacían uno con su voz. Había convertido mi ser visceral, una parte de mí que era desagradable en el mejor de los casos, en poesía física para mi disfrute individual.

La banda se unió a su voz tras unos segundos. Juraría que ellos se habían quedado tan anonadados por su voz como yo. La música me envolvió por completo y me hizo creer que estaba sola en aquel lugar. Me creí Alicia en el País de las Maravillas cayendo por un hoyo tapizado con plumas, sin oír nada más que la música que me rodeaba. Me asusté: no quería que algo tan efímero me transportase casi como una droga a una realidad paralela. No quería reconocer que había otras cosas que tenían más control sobre mi mente que yo misma. Abrí los ojos para reconectar con el presente, y aun así solo la podía ver a ella. Parecía absorber la luz de los focos para reflejarla a continuación de vuelta hacia nosotros, pero cambiada. Más oscura, como un espejismo de su voz. Me hallaba hipnotizada, como en trance.

No quería que el concierto terminase, no quería salir de la calma que me invadía al escuchar aquella música y, sin embargo, conseguí justo lo contrario: destrocé aquella paz en cuanto espoleé mi mente inquieta por naturaleza. Me desboqué pensando que la tranquilidad se desvanecería en cuanto sonase la última nota. Por suerte, mi velada no se acabaría ahí, pues todavía me quedaba el encontronazo "sorpresa" en el backstage.

Mientras la gente aplaudía, me escabullí por la puerta de atrás. Me costó un buen rato zigzaguear entre la masa de espectadores que intentaban disfrutar de los últimos segundos en la que iban a poder ver a Maya, pero por fin salí de la sala. Me puse el abrigo y la bufanda para protegerme del fresco traicionero de las noches de otoño. En lugar de dirigirme hacia la parada del bus, giré a la derecha y di una vuelta por el exterior del edificio. Giré de nuevo al final de la pared y llegué a la parte trasera del edificio, donde había una salida de emergencia bien amplia.

Bajé la barra de la puerta y empujé con fuerza. Esta produjo un chirrido horrible contra el suelo, pero nadie vino a ver qué había sonado, así que entré de nuevo en el edificio. Recorrí varios pasillos, más perdida que un pulpo en un garaje. No veía señal alguna que me indicase hacia dónde debía ir para llegar a la sala u oficina donde se reunía la plantilla de aquel lugar.

La segunda ronda de aplausos anunció el fin del vis y mi paso se aceleró. No quería perderme la oportunidad de conocer a Maya por estar deambulando sin rumbo por el entramado de galerías. Iba tan concentrada en desentrañar qué se ocultaba tras cada puerta que me cruzaba que no me di cuenta de que mi sueño se iba a cumplir más rápido de lo que esperaba. Para cuando la vi estaba tan cerca que no tenía ninguna vía de escape antes de que nos cruzásemos. Se me pararon la respiración y los pasos.

La luz amarilla y tenue del pasillo oscurecía su piel y se reflejaba en ella con un tono dorado. Podía ver las gotas de sudor atrapadas en el nacimiento de su pelo rizado. Lo llevaba recogido en un moño alto, pero algunos rizos habían conseguido escapar y enmarcaban su rostro a la perfección. Me centré en aquellos tirabuzones para evitar mirarle a los ojos. Me daba miedo la calidez de su mirada.

Su top apenas le cubría el escote, tapado con una tela negra semitransparente que se volvía opaca justo a la altura de sus pechos. Estos estaban rodeados de un corsé de terciopelo verde oscuro anudado sin demasiada fuerza. Si no ¿cómo hubiese logrado cantar? Pero la belleza seguía estando por encima de la plena comodidad, sobre todo para mujeres que, como ella, estaban en el punto de mira. Incluso aunque la mayoría de su audiencia fuesen también mujeres. La industria no podía perder la oportunidad de reforzar la idea de que para triunfar hay que agradar a la mirada; la masculina, por supuesto. Igual era ella misma la que había decidido llevar ese conjunto, quién sabe, pero eso era indiferente. Al final el mensaje era el mismo. Yo me pregunto: si hubiera decidido dar sus primeros conciertos en chándal, ¿la hubiésemos llegado a ver en aquel escenario?

Además del corsé llevaba unos pantalones de cuero atados a la cintura con una tira también verde que atraía la mirada a sus caderas. Pero yo seguía ensimismada en su pelo rizado, concentrada en acallar los impulsos que la música había despertado en mí.

Inmersa en mi lucha de autocontrol, me pregunté si realmente querría conocerla. Igual sería mejor si simplemente me daba la vuelta y hacía como si no hubiese pasado nada. Dicen que los famosos en persona siempre decepcionan. Probablemente, ni siquiera sería ella misma delante de una extraña. Aunque por otro lado, ¿podemos realmente ser otra persona? ¿O son nuestras reacciones distintas facetas de la misma esencia? Sabía que si comenzaba a filosofar estaría perdida: si pienso, no actúo, y no tendría tiempo suficiente para reaccionar antes de que Maya llegase a mi altura. Recurrí a la pregunta que sirve para solucionar cualquier situación: ¿de qué me arrepentiría más, de irme sin decir nada o de intentarlo aunque las cosas no fuesen como yo había imaginado?

No sirvió para nada: antes de que tomase la decisión, Maya me vio e increpó.

—¿Me habéis cambiado la mujer del atrezzo? —Se me quedó mirando, pero no me salían las palabras—. Bueno, da igual, pasa y ayúdame.

Incluso sin la armonía de una canción que la acompañara, su voz sonaba como malvaviscos calentitos reblandeciéndose sobre una llama. Maya entró en la única habitación que había entre nosotras. Me llegó la corriente de aire que generó al pasar. Olía a sudor y colonia, ese olor ácido que todas aquellas que hemos salido de fiesta conocemos muy bien. Un olor que nos hace arrugar la nariz cuando no conocemos a quien que lo emana, un olor que asfixia cuando te envuelve con la humedad del baile y el agobio de las feromonas que invaden cada milímetro de aire. Un olor que cuando vino de ella me hizo querer inspirar más profundamente para llenar mis pulmones con su aroma.

Asomó la cabeza por la puerta de nuevo cuando vio que no la seguía. Sin saber muy bien qué hacer y con la lengua paralizada por la vergüenza, entré tras ella. Al verme pasar mientras esperaba junto a la puerta para cerrarla, pareció entender algo de repente. Me miró de arriba a abajo y, viendo que no llevaba la ropa de los empleados de aquel lugar, me dijo:

—Tú no trabajas aquí, ¿verdad?

Me había pillado, menuda sorpresa.

—Mm, no, no trabajo aquí, pero soy amiga de Vero. No sé si la has conocido directamente. Es técnica de sonido —Maya me miraba con cara de póker—. Bueno, es igual. Me dijo que podía pasar más tarde al backstage... para conocerte. Pero ha sido una tontería, mejor me voy y te dejo tranquila. La verdad es que tu música nos hechiza y se nos ocurren ideas estúpidas...

Silencio. Maya me miraba muy seria, y yo no encontraba la fuerza para devolverle la mirada. Aunque había dicho que me iría, tenía la esperanza de que me invitase a quedarme, así que me moví hacia los lados, fingiendo que comprobaba si me dejaba algo en la sala que había invadido apenas unos segundos antes. Tenía la idea absurda de que yo debía de ser especial para ella, puesto que yo sabía muy bien que era su fan número uno. Pensaba, en ese espacio mental irracional que todos albergamos para los momentos que nos parecen más reseñables, que Maya podría detectar la pasión que yo tenía por su música y por ella, con un sexto sentido que seguro que había desarrollado por arte de magia.

—Ya veo —dijo de repente, cuando mi permanencia en el camerino se había vuelto más ridícula de lo justificable y me disponía a salir, ahora sí que sí. Me había resignado a llevarme conmigo la pesadumbre de haber malgastado aquella oportunidad creyéndome más importante de lo que era—. Bueno, ya que estás aquí, ¿me puedes ayudar a salir de esto?

Sus dedos señalaban el corsé.

Oh. ¿El sudor en las manos es instantáneo? Pensaba que los procesos biológicos necesitaban al menos algunos segundos para empezar, pero nada más ver lo que esperaba de mí dudé de si podría agarrar los cordones que aquella prenda sin que se me escurriesen entre las manos. Al imaginarme la escena sentí cosquillas en mis bajos; esa era la razón por la cual me había lanzado a esta aventura, aunque jamás lo hubiese admitido en alto, por lo improbable que era. Prefiero ir con pocas expectativas y deslumbrarme que acumular demasiada ilusión que luego no tenga vía de escape. Aunque en este caso ni siquiera el más optimista de los panoramas que había imaginado podía compararse con la realidad.

Me acerqué a ella mientras se daba la vuelta para desatarle el corsé tal y como me había pedido. Mi corazón empezó a latir más rápido; me ensordecía con su bombeo. Mi deseo se había acrecentado tanto que sentía el pecho contraído y las manos me temblaban mientras intentaba deshacer los nudos. No me gustaba aquella sensación tan intensa, más cercana a la angustia que al deseo al que estaba acostumbrada. Tampoco quería que ella se enterase de lo que estaba ocurriendo en mi cabeza, así que respiré hondo para obligarme a salir del nerviosismo que me envolvía, y tiré de uno de los cordones. Mi truco de relajación no funcionó, así que acabé tirando demasiado fuerte y ella se vio obligada a dar un paso atrás para mantener el equilibrio.

Su cuello acabó justo en frente de mí, desnudo salvo por un collar de oro. Tuve que echar mano de toda la fuerza de voluntad que tengo para no morderlo. Concentrándome en los lazos negros que sujetaban la ropa en su sitio para evitar pensar en lo que había debajo, seguí deshaciendo los nudos uno a uno. Cuando el corsé por fin cayó al suelo di un paso atrás apresuradamente, como si le hubiese prendido fuego.

—Un momento, aún no he terminado contigo. Ayúdame con esto también —me dijo, todavía ignorante de mis palpitaciones.

Movió las caderas hacia atrás. Su top no era una camiseta, como yo había pensado en un inicio, sino un body, un mono de aquellos que se habían puesto de moda y que se abrochan justo en la entrepierna. Yo me había comprado uno hacía un par de meses y lo había dejado indefinidamente en el armario tras la primera puesta, al ver las acrobacias que aquella prenda requería para re-abrocharla cada vez que terminaba de descargarme en el baño.

Podía ver los botones del suyo, que parecían observarme fijamente mientras esperaban que los hiciese estallar. Mi cerebro no era capaz de procesarlo, había cortocircuitado. Supongo que debieron de pasar varios segundos sin que me moviese, porque Maya se giró para ver a qué estaba esperando. Su media sonrisa burlona me dio a entender que, al contrario de lo que yo había pensado, ella sabía perfectamente el juego al que estábamos jugando. Aquellos botones eran demasiado fáciles de desabrochar como para que su petición fuese creíble, pero mi cerebro abotargado no había sido capaz de darse cuenta. A pesar de que mi sueño se estaba haciendo realidad no estaba del todo a gusto con lo que parecía que iba a pasar.

De momento sentía estar por encima de la situación, pero si me intentaba besar, sabía que no podría ganar al deseo simplemente con mi autocontrol. O igual sí, si me esforzaba para ello, pero no lo haría. Sabía que lo que me estaba manteniendo a una distancia prudencial de ella no era una reticencia a lo que estaba ocurriendo, sino la certeza de que cuando todo acabase comenzaría la montaña rusa de incertidumbre. ¿Lo habría hecho bien? ¿Le habría merecido la pena? Y un sin fin de preguntas del mismo estilo. También sabía que comerme el tarro y perderme aquella aventura por mi inseguridad era absurdo. Me debería dar igual lo que pensara Maya de mí una vez me fuese de aquella habitación: al fin y al cabo era altamente improbable que la volviese a ver. Y mi pasión por su música no iba a cambiar porque tuviésemos sexo mediocre. Sin embargo, no podía dejar ir la sensación de inutilidad que me invadía. Solamente podría deshacerme de aquella inquietud que me revolvía el estómago lanzándome a la piscina de una vez; mi mayor angustia y la única liberación se hacían indistinguibles. No sabía si sería capaz.

Me moví hacia delante para intentar desabrocharle los botones solo con la punta de los dedos, sin tocar demasiado. Mi discreción no funcionó. En cuanto me sintió cerca, Maya prácticamente se sentó sobre mi mano. Podía sentir la diferencia de temperatura entre sus ingles y lo que me atraía entre ellas. Mi mente se volvió a congelar por un segundo. Después se sobrecalentó y deslicé mis dedos hasta el otro lado del body que acababa de intentar desabrochar. No había bragas. No había previsto eso (no había previsto nada de esto, a decir verdad), pero ya no quería dar marcha atrás. En lugar de tirarme yo a la piscina, Maya me había empujado para que cayese de golpe en el agua, y ahora me encontraba chapoteando como una niña que aprende a nadar. Estaba tan absorta en hacerlo bien que me había olvidado de dónde estaban las escaleras de salida.

La presión extra de mi mano hizo que los botones se abriesen con un *clic* que se oyó claramente en el silencio del vestuario. Se me había dado acceso completo a la entrepierna de Maya, pero la verdad es que no sabía qué hacer y no quería preguntar, por si quedaba como una inútil. Por si no era evidente ya, me ponía muy nerviosa relacionarme con mujeres. Mis interacciones previas con el sexo femenino no habían ido demasiado bien. Siempre acababa yendo demasiado deprisa o demasiado despacio, y al final, o no llegábamos a la cama o no me llamaban de vuelta.

Maya, probablemente ignorante del dilema interno que yo estaba viviendo, me empujó hacia atrás con el culo para poder darse la vuelta y mirarme. Sus labios tocaron los míos con un beso duro y profundo. Nuestras lenguas se enroscaron en el interior de mi boca, peleándose en un encuentro amistoso. Abrí los ojos y me encontré con los suyos, del color del caramelo al que me recordaba su voz, observándome. Se rio despreocupada y siguió besándome, con los ojos cerrados de nuevo. Me vino a la cabeza la película *Eyes Wide Shut* de repente. ¿Era esto igual de raro e improbable que aquella peli? Una voz que no reconocía como mía, aunque lo era, dijo «Deja de pensar. ¡Concéntrate, coño!». Pero los nervios son una de las sensaciones más difíciles de acallar con la razón.

Respiré hondo y aparté los mechones sueltos de sus rizos que estorbaban. Recorrí a besos un camino imaginario que descendía por su cuello y saqué mi mano de entre sus piernas. Era demasiado temprano para juguetear por ahí. La subí hasta sus pechos y la acaricié por encima de la tela, acompañada de mi aliento tenue sobre su cuello. Le recorrió un escalofrío, y a mis labios se asomó una sonrisa orgullosa. Iba por buen camino.

Le quité el body y ella hizo lo propio con mi camiseta. Maya no llevaba sujetador... ¿acaso esta mujer nunca llevaba ropa interior?

El brillo de su sudor me llamaba; nunca había visto una piel tan perfecta, aunque igual tenía esa impresión por la incredulidad que manaba de mis ojos. Incluso bajo la dura luz del camerino destacaba lo lisa que era, y me invadió un deseo arrollador de lamerla.

Sin embargo, ella interrumpió mis impulsos al liberar mis pechos de su prisión de encaje y succionó mis pezones a la vez que trazaba círculos lentos a su alrededor con la lengua. Mientras tanto, me desabrochó los pantalones y me los bajó, aunque no pudo llegar hasta abajo del todo. Se me agitó la respiración y todas mis preocupaciones, aunque todavía podía sentirlas flotando por mi mente, se volvieron menos concretas.

Ahora quería que mis dedos se perdiesen en su pelo, pero este seguía atado hacia atrás en aquel moño tan tirante que parecía un tratamiento de lifting facial. Le pregunté con la mirada si podía deshacerlo y asintió, así que en apenas unos segundos tuve sus tirabuzones entre mis manos. Sus rizos se expandieron, contentos de estar libres. Eran tan suaves que parecían de seda.

Dado que las maniobras que pretendíamos hacer eran demasiado incómodas si las dos permanecíamos de pie, la empujé con cariño hacia la mesa. Los nervios me habían abandonado al fin, aunque volverían más tarde con fuerza. Le besé el pecho, descendiendo sobre su estómago para llegar hasta sus ingles. Me detuve ahí, besando la cara interior de sus muslos y deleitándome en la suavidad de la carne que suele rozarse al caminar. Podía olerla; era un aroma intenso después de estar sobre el escenario. Estaba tan perdida en el momento que me dio igual. Notaba que mis manos todavía temblaban, pues los nervios no habían desaparecido del todo, pero no quería parar. Les iba ganando la batalla. Maya me presionaba la cabeza, cada vez acercándome más al origen de ese olor que me llamaba, hasta que tomó la iniciativa plenamente y se movió para plantarme sus labios delante. Sus piernas estaban desplegadas a cada lado de mí, abiertas como si entre ellas se ofreciese el mayor tributo que pudiese desear. Me zambullí por completo en ese abismo, pero empecé a lamerla con delicadeza, suavemente, para calentar motores.

Según pasaba el tiempo y los gemidos de Maya se iban haciendo más sonoros, sentía que yo perdía también el control, pero me recordé que debía mantener la calma. No quería un nuevo desastre sexual que engrosase mi ya demasiado larga lista de desavenencias. Seguí mientras ella se empujaba contra mi cara y me rodeaba los hombros con las piernas. Le agarré de las ingles para controlar sus movimientos y poder mantener la precisión al dirigirme hacia su clítoris. Su respiración agitada y los gemidos que me llegaban a través de las vibraciones de su carne me decían que estaba haciendo un buen trabajo. ¿Había oído a mis otros ligues de una noche gemir así? No estaba segura.

—Espera un momento —dijo.

Se estiró para alcanzar uno de los cajones que tenía a la derecha. Sacó un vibrador y lo encendió.

—Usa esto —me dijo mientras me pasaba el juguete.

Se colocó de nuevo en su posición original, con las piernas bien abiertas. Me había pasado un condón para hombres también, lo cual me dejó confusa, pero se lo puse a la maquinita del placer y la encendí. Nada más sentir la presión vibrante contra su entrada, cerró las piernas y me regañó con un tajante "no". Subí la mirada, más confundida aún.

—Es para ti. De ahí que te haya dado un condón —me explicó—. Pensé que tú también querrías algo de diversión, ¿no?

Bueno, eso tenía bastante más sentido. Y para ser sincera, mi cuerpo se sentía algo olvidado. Con mi cara de nuevo en posición, aparté mis braguitas del medio y me introduje el vibrador. Era uno de esos que tienen un saliente en la base para estimular también el clítoris. Y era uno de los de pro, además. Esos eran los beneficios de follar con una mujer rica, supongo.

Mi vagina abrazó ese juguete con calidez. No había resistencia porque Maya me volvía loca, por mucho que pretendiese mantener el control de mis acciones. El saliente me rozaba justo en el lugar indicado, haciendo que el placer se acumulase entre mis piernas y que, a la vez, viajase en ondas por mi estómago. Siempre me había preguntado si las mariposas en el estómago se deben al amor, o a la pasión. Aquí tenía mi respuesta.

Para terminar de mejorar la experiencia, le introduje dos dedos y empujé hacia mí para estimularla en el controvertido punto G. Los desastres vividos previamente con otras mujeres me habían dejado algo claro: hay que aprenderse la teoría, nunca se tiene demasiada información. Que luego yo fuese capaz de ponerla en práctica era otro tema. Busqué un poco en su interior, jugando con el ángulo y la presión, hasta que sus gemidos habían pasado de delicados y contenidos a profundos y guturales. Mi seguridad en lo que estaba haciendo alcanzó la cima y se lo comí con una intensidad sin precedentes.

—¡Voy a llegar! —dijo poco después—. ¡Pero ya!

Sentí como su cuerpo se estremecía y con la confianza que sólo alguien como ella podía tener, me cogió de la barbilla y me subió hasta sus labios para besarme. La saboreé por segunda vez; su saliva apagaba su regusto, pero afinaba los matices del mismo. Agarró el vibrador y lo giró para moverlo arriba y abajo cómodamente, mientras que con la otra mano me hacía círculos alrededor del clítoris. Estábamos pegadas hasta el pecho, mis pezones rozaban contra sus tetas. No se me ocurre qué más podría haberle pedido; para mí, aquel encuentro estaba siendo insuperable. La determinación con la que buscaba mi placer me excitó tanto que sentí mi vagina palpitar, y no me llevó mucho tiempo seguir sus pasos. Con un grito sofocado entre sus labios, llegué.

Ahora que todo había acabado, la atmósfera se enrareció de nuevo. Mis inseguridades florecían como nunca antes: ¿estaría Maya completamente satisfecha? ¿Me llamaría de nuevo si pudiese? ¿Sentía que había perdido su tiempo conmigo?

Recogí mi ropa y empecé a vestirme, deseosa de escapar de mis dudas, aunque no estaba segura de que las fuese a dejar en aquella habitación. Ella se me quedó mirando, segura de sí misma incluso completamente desnuda delante de una desconocida. Justo cuando me iba por la puerta, me llamó:

—¡Eh! La próxima vez, intenta acercarte a tu "fichaje" sin mentiras a medias y planes mal articulados. Igual así te vuelven a llamar después.

¿Tanto se me había notado?

Firme

¿POR QUÉ LAS SEX SHOPS son siempre tan oscuras y tan... repugnantes? Es como si aún estuviésemos en los 70 o algo. Me hacen sentir sucia nada más entrar —dije mientras cruzábamos por la puerta de una de ellas.

—Supongo que la gente aún cree que tiene que esconder lo que le gusta. Por suerte hay algunos propietarios que empiezan a darse cuenta de que eso es de otra época y se van adaptando. A mí me da igual, yo entro a coger lo que necesito y luego me piro, sea como sea la tienda, —me respondió mi pareja.

Dimos unas cuantas vueltas por la primera sala, explorando. Queríamos introducir algún juguete en nuestra vida sexual para volverla un poco más emocionante. O, más bien, era yo quien había decidido experimentar un poco; Elisa era prácticamente una experta en juguetes. No es que nuestras aventuras en la cama fuesen inexistentes o aburridas, al menos para mí, pero supongo que nunca viene mal un poco de variedad.

Tal y como me esperaba, no había mucho con lo que me sintiese identificada: mujeres en portadas de pelis porno que parecían estar sufriendo más que disfrutando, dildos gigantescos que no iban a caberme ni de coña, muñecas hinchables... Ya tenía un vibrador en casa que me servía perfectamente, pero Elisa siempre andaba a la busca de novedades que probar y quería algo distinto que pudiésemos usar las dos, así que allí estábamos.

Nos fuimos alejando dentro de la tienda. Yo me dirigí a la sección de disfraces mientras ella seguía buscando un vibrador de última tendencia. Seguía sin ver nada para mí. Ya tengo lencería sexy y los juegos de rol... como que no. Me siento ridícula haciendo de enfermera o policía "sexy", pero para gustos, colores, ¿no?

Mis ojos se paseaban sin una idea fija de lo que buscaban, viéndolo todo pero sin registrar nada. ¡Uy, un momento! Volví unos pasos más atrás. Unas tiras de color granate habían llamado mi atención. Las acaricié con la punta de los dedos. Tengo una debilidad por esa tela; mi armario está lleno de blusas, vestidos y pañuelos de seda. Introduje mi mano por el agujero que formaban al final y tiré hacia mí. La seda se apretó alrededor de mi muñeca. Ah, ahora entendía para qué servía. Las estudié con más detalle. Las fotos y vídeos que había visto con mujeres atadas me habían parecido muy violentos, con posturas incómodas que parecían hasta dolorosas. Pero la suavidad de estas tiras parecía indicarme todo lo contrario, y me picaba la curiosidad. Me lo llevaba a casa. Había notado una humedad incipiente entre las piernas ante la imagen de mí misma con las piernas bien abiertas en nuestra cama y con todas mis extremidades atadas con los suaves pañuelos de color escarlata, lista para que Elisa disfrutase de mi cuerpo.

Me da vergüenza admitir lo que pagué por este caprichito, así que no lo mencionaré. Sólo diré que mereció la pena al cien por cien. Cuando me vio pagando en la caja, Elisa se acercó sorprendida e intentó mirar dentro de la bolsa para ver lo que había comprado. No le dejé ver nada y decidí que mantendría la bolsa cerrada durante todo el camino a casa simplemente por fastidiar.

Le cogí de la mano y salimos de la tienda. Nos íbamos a casa inmediatamente; necesitaba estrenar nuestra nueva adquisición. El metro estaba llenísimo así que nos tuvimos que apretujar en el vagón. Según iba subiendo más gente, se iba reduciendo el espacio entre nosotras. Yo, que sabía lo que había en la bolsa y tenía muy claro lo que iba a pasar cuando llegásemos a casa, me estaba poniendo nerviosa teniendo a Elisa cada vez más pegada. Ella seguía intentando mirar dentro de la bolsa de una forma que debía pensar que era discreta, pero que distaba mucho de conseguir el sigilo que pretendía. Yo quería que fuese una sorpresa, así que la distraía con besos cada vez que la veía desviar la mirada o estirar la mano. Tapaba sus labios con los míos y buscaba su lengua en el interior de su boca. La gente se intentaba alejar, incomodada por el despliegue de erotismo, pero no había espacio para ello: más divertido para nosotras.

Había conseguido distraer a Elisa definitivamente cuando el tren paró al fin en nuestra estación. Aunque nos habíamos estado abrazando en el metro, yo aún necesitaba sus caricias. Más concretamente, las necesitaba debajo de mi ropa, pero aún quedaba un trecho bastante largo hasta nuestra casa. Sabía que no aguantaría hasta que entrásemos al portal. Afortunadamente, estaba atardeciendo. Era el momento ideal para los amantes. Cuando salimos del metro metí mi mano en el bolsillo trasero de los pantalones de Elisa y caminé a buen paso. Cuando arribamos a una callejuela que conocíamos muy bien, la empujé hacia las sombras y la besé de nuevo. No se puede decir que la callejuela estuviese mucho más oscura que la calle principal, pero al menos parecía más privada. Impaciente, metí mis manos por debajo de su camiseta y me encontré con una grata sorpresa: no llevaba sujetador. Se rio y susurró pegada a mí:

—¿Qué hay en esa bolsa? Hace mil años que no estabas tan ansiosa.

Con un suspiro se separó y me acarició la cara. Su dedo guio mis labios de nuevo a los suyos, pero no me besó. Me dejó colgando, trazando el borde de mi boca con su lengua.

Era imposible resistir su provocación. Nos besamos más tiempo de lo que nos hubiese llevado llegar hasta casa, pero el premio instantáneo de disfrutar del cuerpo de Elisa me tiraba más que tener que esperar hasta poder quitarle toda la ropa. Me sentía de nuevo como una adolescente hormonada, con el pelo enmarañado y los labios escocidos de tanto deseo. Igual Elisa tenía razón y había pasado mucho tiempo desde la última vez que me había puesto así. Igual debería haberle dado una oportunidad antes a las sex shops y sus cachivaches. Finalmente, mis partes bajas me dijeron que era hora de seguir nuestro camino para alcanzar la cama cuanto antes, así que salimos del callejón y emprendimos la marcha a medio correr, riéndonos como idiotas.

Cuando llegamos a casa, Elisa corrió al baño; siempre insiste en hacer pis antes de hacerlo y aunque normalmente me irrita esta costumbre cuando estamos a punto de ponernos al lío, ese día me fue de gran ayuda. Me desnudé completamente y até los pañuelos alrededor de mis muñecas y tobillos. Me coloqué en posición justo a tiempo. Cuando Elisa entró en la habitación me encontró desplegada encima de la cama con las ataduras señalando hacia los cuatro postes de la misma.

Básicamente, le había dado luz verde para mandar. Podía ver que ya estaba excitada por lo que prometía la noche. Sin perder ni un segundo ató mis muñecas a la cama y me dio la vuelta de forma que me quedé a cuatro patas sobre el colchón. Así las tiras que sujetaban mis brazos quedaban tirantes. Se dio la vuelta para atarme los tobillos, mientras yo disfrutaba sin presiones de la posición en la que me encontraba. Me encantaba estar indefensa ante ella. Tiró de los pañuelos lo suficiente para que mis piernas quedasen estiradas, dejando que apoyase la parte baja de la tripa sobre la mano que tenía libre para que no me cayese de cara. Mi capacidad de movimiento había quedado muy limitada: solo alcanzaba a levantar la parte baja de mi vientre de la cama con un movimiento de cadera; lo mínimo para que ella pudiese deslizar sus manos por debajo de mí y levantarme desde detrás.

Saltó sobre la cama y se colocó entre mis piernas. Paseó sus dedos arriba y abajo, desde mis pantorrillas hasta mis nalgas, donde se detenía a agarrar mis amplias posaderas. Me podía imaginar la mueca de placer que se estaba dibujando en su cara. Me subió las caderas empujándome del culo, que aún tenía bien agarrado. La verdad es que tener la cabeza contra el cojín y el cuello doblado casi 90 grados no era la posición más cómoda, pero me daba igual.

Mi entrada estaba plenamente expuesta. Saberme a su entera disposición me empapó en cuestión de segundos. Deseaba que me tocase ahí. Podía notar su mirada fija en mi abertura, hambrienta. Ahora que me tenía dónde quería soltó mis nalgas para bajar acariciándome con la punta de los dedos hasta mis labios. Me recorrió un escalofrío. Elevé mi cintura aún más, lo más que podía, ofreciéndome ante ella. Vagabundeó alrededor de mi entrada con el dedo índice. Con cada círculo aumentaba la presión hasta que no pude soportarlo más y tuve que empujar hacia atrás de golpe para meter su dedo dentro de mí. Las ataduras en mis muñecas se tensaron al máximo y oí el cabezal de metal de nuestra cama crujir. Era la primera vez que probábamos esto, y Elisa había cometido el error de dejarme las muñecas ligeramente libres, con movilidad suficiente para que pudiese maniobrar, aunque fuese mínimamente. Sabía que no volvería a cometer ese error, así que tenía que aprovechar al máximo hoy para salirme con la mía y jugar con la idea de irritarla.

Usé las ataduras como apoyo para colocarme de rodillas, postura que me dejaba sin mayor posibilidad de acción en las extremidades. Pero ya no me iba a querer mover de ahí. Equilibrándome en esa posición y usando solo las caderas, subí y bajé rítmicamente sobre su dedo, al que se le unieron un segundo y un tercero. Junté la parte superior de las piernas para arrimar las ingles y poder restregarme contra sus dedos, extrayéndoles el mayor placer posible.

Pero entonces desaparecieron. Giré la cabeza bruscamente para mirarla. ¿Qué coño? La vi rebuscando en su cajón de la mesita de noche, donde guardaba todos sus juguetes. En mi cajón solo había un libro, pañuelos (aunque no tan divertidos como los que estábamos usando ahora), mis cascos y mi antifaz. Nuestras prioridades eran claramente distintas, pero funcionábamos juntas.

Sacó su vibrador favorito, el que tenía un saliente extra para estimular el clítoris. Volvió a su posición original y me empujó delicadamente hacia abajo, con la espalda arqueada y lista para el abordaje. Oí el zumbido sordo del vibrador reviviendo. Intenté ver lo que hacía, pero estaba justo detrás de mí y sólo alcanzaba a ver la punta de sus pies. El sonido se silenció al mismo tiempo que Elisa suspiraba, de lo cual deduje que el pequeño artefacto estaba ahora dentro de su dueña.

Sus dedos volvieron a tocarme, pero esta vez más adelante, en mi botoncito de placer. Elisa se acercó más, hasta colocar su cabeza entre mis nalgas, y noté el tacto de su lengua contra mis labios empapados, separándolos con suavidad más allá de mi entrada. Estaba tan preparada que todos estos mimos me estaban poniendo de los nervios. Pero al fin su lengua se zambulló en mi interior. Empujaba contra mis paredes y podía sentir sus labios acaparando todo lo que eran capaces de contener de mí. Estaba desamparada ante ella y sólo podía quedarme ahí con las piernas abiertas y la espalda curvada, dejando que me saborease. Deseaba que me soltase para poder tocarla yo a ella, pero también deseaba ser atada aún más fuerte, para estar absolutamente inmovilizada como si fuese un juguete. Su juguete.

Elisa empujaba contra mi culo para poder llegar más lejos y lamer mi clítoris. Al parecer esto le resultó muy incómodo así que se dio la vuelta y, retorciéndose, se colocó debajo de mí. Ahora podía alcanzar fácilmente a todos los sitios que quería, así que estiró un brazo para acariciar mis pechos mientras seguía absorbiendo mi humedad y el vibrador seguía moviéndose como loco en su interior. Iba alternando, devorando mis labios superiores e inferiores con avidez. Ahora podía sumergirse completamente en mí y lo estaba aprovechando al máximo. Yo no podía evitar gemir y moverme sobre ella todo lo que mis ataduras me lo permitían. Estaba cada vez más cerca de lograr el orgasmo y ella lo sabía. Me chupaba como una loca y se tocaba mientras movía el vibrador hacia dentro y hacia fuera. Yo no tenía buen ángulo para ver en esa postura, pero sus movimientos y mi vívida imaginación me ayudaban a hacerme una idea de lo que estaba pasando. Sus gemidos, aunque amortiguados por mi vulva, me servían para imaginarme cómo estaba gozando. Rescaté de mis recuerdos la cara que ponía cuando conseguía el clímax y, aunque la había visto ya mil y una veces, consiguió el efecto que siempre tenía en mí. Llegué con un gemido profundo, agarrándome a la seda para descargar el placer intenso que me recorría desde el clítoris hasta la punta de los dedos. Oí sus últimos gemidos de placer pocos segundos más tarde.

Nos quedamos así un rato. Ahora que la adrenalina había bajado, los brazos me empezaban a doler por la posición a la que les forzaba la seda y sentía las piernas entumecidas. Elisa se puso de pie y acarició la curva de mi espalda hasta los hombros. Me liberó las muñecas y me ayudó a incorporarme despacio. Ya erguida sobre las rodillas, agité los brazos para revivirlos. La veía devorarme con la mirada y guardarse esa imagen en la cabeza para futuros encuentros con su vibrador. Me besó apasionadamente una última vez, los rescoldos de la pasión que habíamos liberado ardiendo aún a fuego lento. Después desenredó la seda que ataba mis tobillos a la cama para que me pudiese mover libremente y me ayudó a ponerme cómoda sobre los cojines que adornaban nuestro lecho. Cogió el ordenador de la mesa y lo trajo hacia la cama. Era hora de nuestro tradicional *"Netflix and chill"* acurrucadas bajo las mantas.

Equipaje

IGUAL NO LO SABES, pero nuestra mente tiene una capacidad infinita para reinventarse. Creemos que recordamos todo tal y como pasó, pero resulta que no. Adornamos nuestros recuerdos, ya sea a propósito o sin querer. Añadimos detalles superfluos, los cambiamos para que se parezcan más a cómo querríamos que hubiesen ocurrido. Lo bonito se vuelve más bonito, lo feo más feo. Otras veces los remodelamos tanto que parecería que dos personas contando el mismo suceso presenciaron dos eventos distintos.

¿Cómo podemos, pues, fiarnos de nuestros recuerdos? No podemos. Sólo nos queda rememorarlos como lo que son: un relato bañado de nuestra subjetividad. A todas nos gusta contar historias, y más si podemos oscilar en la frontera entre ficción y realidad.

Entonces, quizá, la historia que voy a contarte esté endulzada en los momentos bonitos y tenga un toque más ácido, como si me hubiese pasado con el limón, en los momentos más tristes. Pero tómala como lo que es: una película antigua revelada en la parcialidad de su creadora. A todas nos gusta escuchar historias, y más si oscilan en la frontera entre ficción y realidad.

ERI ERA GUAPA, DE ESO no cabía duda, aunque no fuese una belleza tradicional de ojos azules y pelo rubio. Pero eso no fue lo que me llamó la atención. Lo que me hizo sentarme a la mesa donde estaba ella charlando con otros de tantos mochileros que mataban el tiempo en el patio del hostal fue su risa. Una risa tímida que parecía querer ocultar algo, quizá la plenitud de su diversión, pero que a pesar de ello rebosaba por las comisuras de sus labios y terminaba adornando sus ojos.

Me acerqué a ellos con el vaso de vino que había pedido en la ventanita del bar del hostal que daba hacia el exterior y me acoplé a la conversación como si tal cosa. No es muy difícil cuando viajas sola. Fue interesante charlar con el grupo de estudiantes recién graduados, pero tanto Eri como yo aún éramos universitarias de primer año; teníamos la ilusión casi intacta y no entendíamos el cansancio y la apatía que los demás profesaban hacia sus carreras.

Ellos se marchaban de vuelta a Madrid al día siguiente, muy temprano, así que se despidieron pronto. Eri y yo nos quedamos charlando, enfrascadas en una conversación que parecía no agotarse nunca. Hablamos de Madrid, mi casa, y, por casualidad, el siguiente destino de Eri. Le describí las callejuelas del centro, mi lugar favorito de toda la ciudad: un viaje al pasado en medio del bullicio. Obvié que el contraste con las calles gigantes que nacen de Sol y la Gran Vía la dejaría sin aliento; prefería dejarle alguna sorpresa. Ahora el recuerdo de narrar las maravillas de mi casa me sabe como el caramelo quemado.

Seguimos hablando. Yo dominaba la conversación, envalentonada al ver el entusiasmo con que Eri escuchaba mis historias sobre la ciudad de mis sueños. Al cabo de un rato me preguntó por dónde se podía salir en Madrid. Andaba buscando una forma de calmar su libido y experimentar el aparentemente famoso fragor de las mujeres españolas. Nuestras miradas se encontraron, la suya con los ojos entrecerrados, pícara, y la mía sorprendida de que me lo pusiese tan fácil. No perdí ni un segundo.

—Puedes salir por Huertas, Chueca... Hay muchos sitios, depende de lo que quieras hacer. Pero para descubrir el 'arte amatorio español' —dije con sorna— no te hace falta esperar hasta mañana. Me tienes aquí delante.

—Has caído en la trampa a la primera. —Volvió a reír de esa forma tan suya y esta vez me uní a ella—. Me ha salido el truco redondo, ¿eh?

Recogimos nuestras cosas y subimos a su habitación. Me instó con un susurro a no hacer ruido porque sus compañeros de habitación, los otros españoles, debían de estar ya dormidos. Entramos de puntillas y cogimos un par de mantas que ofrecían en el albergue (no había calefacción). Al salir nos hicimos también con uno de los cojines gigantes del sofá del descansillo de aquella planta.

Subimos las escaleras hasta el tejado. Eri me explicó que sabía de la terraza que había ahí arriba porque se lo había enseñado uno de los otros españoles, intentando impresionarla con las vistas nocturnas de aquella metrópoli. Los encantos del paisaje urbano no la habían encandilado, pero Eri había fichado el lugar para futuros líos improvisados. Así que ahí estábamos.

Estiramos las mantas la una encima de la otra para poder tumbarnos en el suelo más cómodamente y nos recostamos mirando al cielo. Nos quedamos así unos minutos. Cuando me cansé de adivinar dónde se escondían las estrellas tras tanta luz artificial, me giré hacia ella y vi por primera y última vez su sonrisa al completo, con dientes y todo; la había pillado por sorpresa.

Al verla así, relajada y gozosa, me invadió un deseo intenso de saborear esa felicidad. Cogí su rostro entre mis manos y posé mis labios sobre los suyos. Me quedé quieta disfrutando de la suavidad de su piel y la delicia de su sabor, que aún contenía trazas del vino que habíamos estado bebiendo. El sabor se intensificó cuando abrió la boca y su aliento me invitó a seguir mi exploración.

Nuestras lenguas se encontraron a mitad de camino, en la ranura entre nuestras bocas por la que aún se colaba el fresco de la noche. Nos deslizamos la una sobre la otra, y nuestra saliva se mezcló primero casi por ósmosis, sin fuerza, sin intención. Luego, a medida que alimentábamos la lujuria, batallamos como dos serpientes de agua hasta que ya no podíamos distinguir dónde empezaba ella y dónde terminaba yo. Su pelo me cayó sobre la cara cuando se irguió sobre el codo para besarme más cómodamente. Olía a menta. No recuerdo a qué olía yo.

Probablemente a polvo y gas, los olores de la urbe, tan grandiosa en las fotos como sucia en la realidad.

De un impulso me coloqué encima de ella y escondí mi cara en la curva de su cuello; también olía a menta. Quizá fuese ese el olor del jabón genérico del hostal, de esos que te salvan de un apuro a base de destrozarte la piel. Fuese como fuese, olía deliciosamente.

Sus manos se enredaron en mis rizos cuando inspiré profundamente contra su piel. Besé la suavidad de los rincones ocultos de su cuerpo, imaginando como de sedoso debía de ser aquello que tenía entre las piernas. ¿Olería también a menta?

Aún no era el momento de averiguarlo; ya se sabe que las prisas no son buenas, y menos en el sexo. Volví a subir hasta sus labios pasando por los deliciosos bocados con sabor a chicle que demostraron ser sus orejas. Estaba absorta en mi camino de descubrimiento, no parecía que fuese a tener suficiente jamás, pero ella me apartó de repente y con una sonrisa me dijo:

—Qué pena que no nos hayamos conocido en otro lugar.

—¿Dónde? —le pregunté yo, confusa y molesta por esta distracción que a mi parecer no venía a cuento.

—En mi ciudad, cuando todavía vivía ahí, o en la ciudad donde estudio. O incluso en la que estudias tú. Quizá nuestra historia sería distinta.

—¿Y eso lo deduces tan solo de los besos?

—Los besos son una forma muy sencilla de saber si alguien te tiene en cuenta a ti, o si sólo piensa en sí misma. ¿Tú me besas por ti o por mí?

—Por las dos.

—Exacto.

Y siguió besándome como si nada. Yo aún no sabía que su decisión de irse de la ciudad al día siguiente era definitiva. No sabía o no quería saber. Aunque mientras charlábamos en la terraza yo había insistido en que pospusiera el viaje a Madrid unos días más para que pudiésemos viajar juntas a mi hogar, ella se había mantenido firme en que se marcharía al día siguiente. Sin embargo, yo todavía albergaba algo de esperanza de que se quedaría, convencida por mis proezas sexuales. Superficial, sí. Ingenua, quizá. Pero, ¿qué otra forma tenía de hacer ver a una extraña que le merecía la pena alargar su viaje para quedarse conmigo?

Supongo que es muy bonito fantasear con otros desenlaces cuando ni siquiera te planteas intentar darle un giro a la historia. Quizá si no hubiese tenido miedo de cortar el momento, hubiese insistido más en que "nuestra historia" la escribíamos nosotras; nosotras decidíamos cómo de larga sería. Pero no fue el caso.

Rodamos de nuevo y quedó ella encima de mí. Me besó el mentón y la mandíbula, y bajó por mi cuello hasta la clavícula. Trazó la línea de mi escote con su lengua, dibujando un triángulo isósceles entre mis pechos. Me molestaban los pantalones, los zapatos, la camiseta; a pesar del fresco de la noche de verano tardío todo aquello que se interpusiera entre su piel y la mía sobraba.

La levanté de encima de mí y me deshice de la ropa. Las deportivas salieron volando hasta el borde del tejado y lancé la camiseta hacia atrás, mientras que mis vaqueros quedaron hechos un gurruño al final de las mantas.

Agarré a Eri del brazo y tiré de ella para que se colocara sobre mí de nuevo. Su calor me templó, pero necesitaba el contacto de su piel contra la mía. Sus manos recorrieron mi desnudez, calmando la piel de gallina que se me había puesto tras quitarme la ropa. Yo, mientras tanto, intentaba ser delicada, pero mis manos parecían más bien zarpas al arrancarle la ropa. Primero la camiseta, e inmediatamente después, el sujetador negro, apenas distinguible en la oscuridad. Es curioso como la ropa puede ser clave en el atractivo de una persona, pero en seguida nos estorba una vez hemos seducido al objetivo. Es el cebo y la traba, todo en uno.

Las mallas, tan cómodas para llevar y tan difíciles de quitar, cayeron tras una corta pelea, seguidas rápidamente de las bragas. Su cuerpo me devolvía el calor del día como las piedras tostadas por el sol. Pensé que su piel debía de ser muy bonita bajo la luz de la luna, la cual apenas se adivinaba tras el halo de todas las farolas y la luz de las ventanas vecinas. Apunté esa idea al fondo de mi mente, pensando en usarla luego para convencerla de que pasease de noche conmigo por los pueblos más pequeños de Francia hasta la montañosa frontera con España. Igual hasta podríamos disfrutar de una noche salvaje al lado de algún río, durmiendo en el coche que había alquilado para el viaje.

Nos enredamos. Un brazo por aquí, una pierna por allá. Nuestras lenguas volvieron a cruzarse a la puerta de nuestros labios, pero no nos quedamos ahí. Sus pequeños pechos se posaron sobre mi boca, primero el derecho y luego el izquierdo, intercambiándose cuando mis dientes rozaban sus puntas, que se endurecieron al mojarse de mi saliva.

Sus nalgas cabían perfectamente en mis manos, pero no era ahí donde ella las quería. Sin ningún disimulo, elevó las caderas y prácticamente lanzó mi mano contra su pubis. Para acatar sus deseos, sin embargo, tenía que cambiar de posición; mi mano por el momento no era contorsionista. Deslicé a Eri sobre mí hacia un lado. Mientras me deleitaba entre sus mechones, ella se agarró a mi carne, dejándome la marca de sus uñas como un recordatorio pasajero que me torturaría durante varios días.

Notaba que la tensión de su cuerpo iba *in crescendo*. Su espalda se arqueaba, echaba la cabeza hacia atrás y subía los hombros, de modo que sus orejas casi los tocaban. Tenía el ceño fruncido y se mordía los labios. Sonrojada y con los cabellos esparcidos por la manta y su rostro, parecía al mismo tiempo presa y cazadora de su deseo.

Con la misma violencia que antes, como si yo fuese una muñeca de trapo, apartó mi mano de su entrepierna y me empujó para que me quedase boca arriba de nuevo. ¿Por quién follaba ella? ¿Por mí, por ella o por las dos?

Agarró mi mano y buscó los dedos que estaban mojados de su flujo. Los introdujo en su boca y sorbió hasta la última gota, incluso colando su lengua entre mis dedos y rebuscando entre las dobleces de las falanges. Me abrió entonces las piernas y bajó para inmiscuirse entre ellas. Suspiré al notar su saliva. La imagen de ella relamiendo mis dedos estalló como un fogonazo en mi mente. La parte quizá más íntima de ella se estaba mezclando ahora con la mía.

Miré hacia abajo, buscándola, y me encontré con sus ojos, que refulgían como antes cuando había jugado conmigo para que confesase mis intenciones y así evitar tener que mojarse ella primero. Sentí su lengua aplanada contra mi vulva: humedad, calor y fuerza. Parecía empeñada en volver a limpiarme, esta vez de mí misma, trazando círculos amplios cubriendo la totalidad de mis labios. Había decidido que para ello tenía que mover la cabeza al completo, jugando con la excitación que me provocaba ver una coreografía tan evidente de lo que hacía entre mis piernas. Su cabello me hacía cosquillas en las ingles cada vez que pasaba por su lado.

El movimiento era nuevo, y por ello podría decir que fue incluso excitante durante algunos momentos, pero era demasiado burdo para que surtiese efecto por sí mismo. Empecé a mover la cadera para seguir el recorrido de su lengua de forma que me tocase donde yo necesitaba, pero ella no me dejaba. Cambiaba la dirección repentinamente, paraba y volvía a empezar a otra velocidad. Mi exasperación crecía por momentos. ¿Acaso era yo la primera mujer con la que se acostaba? ¿Nadie le había dicho que eso no funcionaba? Dudaba mucho que aquel movimiento le gustase siquiera a ella misma cuando se tocaba a solas.

Supongo que mi exasperación se hizo patente en mi cara, en la tensión de mi cuerpo, en la agresividad de mis movimientos de cadera. Cuando estaba a punto de reunir la suficiente valentía para pararla, apretó mis caderas contra las mantas y me sonrió. No era la sonrisa despreocupada de antes, sino una que nacía del placer de tentarme y frustrarme, a sabiendas de que ella tenía en su poder mi satisfacción. Recorrió de nuevo mi vulva con la lengua, esta vez en línea recta, hasta llegar al clítoris. Ahí se paró y trazó círculos mucho más pequeños que los anteriores. Tras un par de vueltas dijo:

—Ahora sí, ¿verdad?

La sonrisa oscura volvió a sus labios. O igual nunca se había ido; desde mi posición no podía verle la mitad inferior de la cara cuando estaba ocupada entre mis piernas. Siguió. Me di cuenta de que no la entendía, y de que, por tanto, no podía predecir lo que iba a hacer, ni saber por qué actuaba de esa manera algo retorcida, buscando más mi irritación que mi satisfacción. Una semilla de duda germinó en mi interior. ¿Quería de verdad volver a verla si me generaba esta inquietud? Pero no quería pensar en eso ahora. Me limité a disfrutar.

No soy de orgasmo fácil, con lo cual sabía que iba a necesitar mucho tiempo para llegar al clímax. Si es que llegaba. Las lenguas se cansan rápido cuando no reciben nada a cambio. O eso me digo yo para justificar la culpa que me invade cuando estoy tumbada esperando el final que nunca llega. ¿Cómo va a llegar, si estoy más perdida en mi cabeza que entre las sábanas? Mi solución: dar más que recibir para que... ¿le merezca la pena?

Por eso la tumbé de nuevo sobre las mantas y me coloqué sobre ella dada la vuelta: mi cabeza entre sus piernas y la suya entre las mías. Su entrepierna no olía a menta, pero eso no me desalentó. La humedad me cubrió al acercar mi rostro a su vulva. Era una humedad pegajosa pero efímera en mi boca, una delicia que no era menos suculenta por abundante. Me empapé de ella y deseé que fuese de aquellas mujeres cuyo aroma persiste en la piel incluso tras lavarse la cara varias veces. Si hubiese sabido que se iría sin mirar atrás igual no hubiese deseado lo mismo.

Su lengua volvió a controlar mi placer. Ahora que yo también me hallaba inmersa en sus delicias, notaba que sus exploraciones entre mis pliegues eran más intensas pero menos controladas. Yo misma notaba ese efecto en mí, luchando entre la concentración que necesitaba para hacerla gemir y la desconcentración en la que inevitablemente caía cuando su lengua rozaba mi clítoris.

Sentía cómo el orgasmo se iba cargando entre mis piernas. Para mí suele ser un camino largo, como he dicho antes, pero una vez empiezo es difícil distraerme del objetivo. Poco a poco tensaba las piernas, los pies, el abdomen, los brazos y, finalmente, el cuello. Lo único que permanecía relajado, puede que incluso más de lo usual, era mi coño. Todas mis preocupaciones eran execradas a través de mi vagina. De tanto en tanto me venían pensamientos que pretendían asfixiarme, insinuando que cuando aquello terminase, terminaría también todo lo demás, pero no lograba mantener aquellas ideas en mi cabeza por mucho tiempo. Las pulsiones de mi entrepierna iban expulsando mis demonios.

Por eso cuando terminé lento, a mi ritmo, tras llevarla al orgasmo un par de veces, todo parecía maravilloso. Creía haber hecho una buena gestión de mis expectativas, aunque no me había permitido contemplar ninguna alternativa a ellas. "No voy a posponer mi avión" significaba en realidad, a mi parecer, que aún no había tomado la decisión de hacerlo. Pero lo haría, cambiaría de opinión. ¿Cómo iba a viajar al día siguiente después de lo que yo le había dado? No se me ocurría pensar que, en realidad yo para ella no era más que una desconocida que le había proporcionado un par de orgasmos, ojalá memorables. Pero un orgasmo o dos, para aquellas con la suerte de tenerlos asegurados, no son nada. Los pueden sacar de cualquier parte, incluso de entre sus manos.

Nos quedamos tiradas encima de las mantas un rato, hasta que el fresco combinado con nuestro sudor nos invitó a taparnos. Nos pusimos la ropa en silencio. Cuando bajábamos por las escaleras Eri empezó de nuevo a dejar fluir las palabras.

—¿Podemos ir a tu habitación a dormir? En la mía todas las camas están ocupadas y es imposible compartir una individual entre las dos.

—Sí, en la mía hay un par que están vacías.

Me costó un rato dormirme. Le estaba dando vueltas a esto último. Si en lugar de irse de vuelta a su habitación había venido a la mía, si en lugar de usarme únicamente para su placer me buscaba después del clímax, ¿significaba que se quedaría? ¿Querría pasar más tiempo conmigo?

Me despertó a las nueve con un par de empujones. Su delicadeza, que yo había creído innegable por su dulce sonrisa cuando nos conocimos, no había incrementado ni un ápice tras el descanso. Dijo que no le quedaba tanto tiempo, puesto que se debía marchar al medio día, y me sugirió desayunar juntas. Croissants, zumo de naranja, tostadas y despedidas.

O sea que no se quedaba. Seguí la conversación como pude mientras mi cabeza le daba vueltas a lo que había pasado. No lo podía entender. ¿Por qué seguía hablando conmigo, por qué quería mantener la relación amistosa si no nos volveríamos a ver? Fue triste comprender que mi falta de autoestima era tal, que incluso cuando se me trataba como algo más que un medio de gratificación sexual, no lo lograba asimilar. Y ha sido duro comprender que, hasta habiéndolo asimilado, no sé cómo poner en práctica semejante evidencia.

Al final, antes de irse, hizo quizá lo peor que podría haber hecho por mí. Me dio esperanza. O así lo leí yo.

—¿Me das tu número?

Extrañada, le pregunté por qué lo quería, puesto que se marcharía de Madrid antes de que yo llegase.

—Aún me quedan tres años de estudio por aquí cerca. Quién sabe, igual me gusta tanto Madrid que me vuelvo a pasar por ahí. Y si voy, me gustaría volver a verte, si te apetece.

Al ver mi sonrisa (¿era la primera vez que sonreía tan honestamente desde que nos conocíamos?), aclaró:

—Pero no me esperes. Que vuelva no depende de ti.

A pesar de su advertencia, que me borró la sonrisa de sopetón, le di mi número. Aún con la sensación de agitación que me floreció plenamente en ese momento, sentía que *necesitaba* dárselo, mantener la puerta abierta. Si me volvía a escribir, sería una nueva oportunidad para demostrar que merecía la pena. Así que ahora ando aquí, esperando en mi propia ciudad a una visitante pasajera por una promesa tambaleante. Por un "quizá" y un "¿qué pasaría si...?"

Las Bambis crecen

—CARI... —MARLENE ZARANDEÓ el hombro de la figura que dormía a su lado, de espaldas a ella—. Andy... ¿qué día es hoy?

—Mmmm.

—Venga, ¡que es un día muy especial! Tenemos tantas cosas por hacer que si no te levantas no vamos a poder pasar tiempo a solas. Y esa sería la mejor forma de celebrarlo, ¿no?

Marlene enterró su rostro en la curva del cuello de Andrea. El olor delicioso de la inocencia del sueño se había convertido en su fragancia favorita desde que habían dormido juntas la primera vez. Bueno, quizá su segundo aroma favorito. Había otro que le hacía perder la razón incluso cuando lo olía sobre sus dedos horas después de haberlos impregnado.

La figura, que hasta ese momento había parecido inerte en su profundo sueño, se revolvió ante las cosquillas que le hacía la respiración de su parlanchina compañera. Eran las nueve de la mañana de un sábado, ¿por qué le hacía esto? Había tiempo de sobra para celebrar su cumpleaños aunque se despertasen a las once. De todas maneras, estaba acercándose a la edad donde los cumpleaños pasan de ser motivo de fiesta a un aliciente para enterrarse bien profundo bajo las sábanas y rezar por que el mundo no se dé cuenta de que has envejecido un año. Echaba de menos la ingenuidad de la infancia y la despreocupación de la adolescencia, y veía demasiado cerca la pesadumbre de la madurez. Tenía demasiadas responsabilidades en un mundo diseñado para llevarle la contraria.

Pero Marlene seguía insistiendo. Estaba siendo incluso más empalagosa que de costumbre. Sabía de sobra que Andrea no era persona de mañanas, y aun así le seguía comiendo la oreja para que saliese de la cama.

—Si te levantas, te hago un café mientras abres tu regalo. Uno de bar de diseño: con espumita, azúcar y canela. Quién sabe, igual cae también alguna galleta recién hecha.

Galletas caseras de Marlene. Andrea fingió desperezarse desinteresadamente, como si no hubiese estado gruñendo internamente y haciéndose la muerta hacía unos segundos. Le dio un beso casto a su compañera en los labios; no quería dejar escapar ni un suspiro de su aliento mañanero.

—¡Buenos días, cari! —exclamó Marlene. Después de tanto tiempo, Andrea seguía sin entender cómo podía estar de tan buen humor desde el momento en que abría los ojos.

—Buenos días, Mar —respondió Andrea a media voz. Si bien el optimismo de su novia le podía parecer absurdo a veces, siempre se lo acababa contagiando. Se le empezó a escapar la sonrisa que siempre le salía al darse cuenta de que podía despertarse otro día más a su lado. Aunque habían pasado ya dos años desde que comenzaron a vivir juntas, aún recordaba la sensación de vacío que había sentido cuando eran pareja pero se despertaba sin sus caricias matinales.

—Venga, vamos a la cocina, que las galletas deben de estar a punto de quemarse.

Marlene arrancó las sábanas de la cama, y con ello disipó los últimos restos de somnolencia que flotaban en el ambiente. A Andy no le pasó desapercibido que Marlene llevaba el pijama que tanto le gustaba porque contrastaba de forma tan elegante con su piel morena. Era granate y sedoso, tan holgado que, cuando levantaba el brazo, la camisa se le subía hasta el inicio de las costillas. Eso le permitía a Andy apreciar las curvas que habían estado ocultas tras la tela. Sus favoritas eran las que seguían el contorno de la cadera de Marlene y apuntaban hacia el sur, hacia lo que comenzaba a insinuarse en la frontera de los pantalones de tiro bajo.

Siguió el olor de las galletas y el contoneo de su pareja hasta la cocina. El calor del horno cargaba el ambiente, pero la cristalina luz de invierno que entraba por la ventana les permitió apreciar la atmósfera bochornosa; podían ver las estrellas de hielo al otro lado del cristal. De todas formas era un precio razonable a pagar por los bocaditos dorados que salían en ese momento del horno. Había otra cosa más que distraía la atención de Andy: el paquete rojo, casi tan rojo como el pijama de Marlene, que descansaba sobre la mesa. Parecía que lo habían dejado ahí sin mucho cuidado. El mantel se arrugaba bajo el rectángulo envuelto, y la planta que usualmente estaba en el centro de la mesa había tenido que recular ante aquellas olas de tela hasta colocarse ligeramente desviada de su tradicional posición central.

Eso no era propio de Marlene. Toda la seriedad que le faltaba cuando hablaba con otras personas la aplicaba cuando trataba con objetos: todo estaba siempre en su sitio, con ángulos perfectos de 90 o de 180 grados. Cualquier arruga era inmediatamente alisada y todo tenía su sitio. Aquel regalo debía de ser importante si había descuidado su dominio sobre la organización de un territorio tan suyo como era la cocina. Haciendo alarde de la travesura de su niña interior, Andy se sentó encima de la mesa, intentando ocultar la sonrisa malévola que amenazaba con delatarla demasiado pronto. Marlene se volvió al ver su movimiento por el rabillo del ojo, siempre atenta a todo lo que ocurriese sobre su propiedad.

Andy estiró el mantel, cerciorándose de que no quedase ni una sola imperfección. Sabía que Marlene estaría absorta hasta ver el resultado final, aun con la bandeja de galletas quemándole la mano.

—¿Qué ha pasado aquí? —preguntó Andrea, coqueta.

Marlene chasqueó la lengua.

—Déjame, que sabes que cuando me pongo nerviosa se me va. Abre el regalo, anda, que así me relajo.

—No, no, mejor primero las galletas. —No era frecuente ver a Marlene alterada, y Andrea quería aprovechar que las tornas habían girado para jugar un poco.

Se sentaron a la mesa, pero Marlene no podía evitar echarle vistazos rápidos al paquete que destacaba contra el pálido mantel, creyéndose discreta. Andrea intentó comerse las galletas despacio. El placer que le daba notar la masa caliente y mullida ceder ante sus dientes y las pepitas de chocolate a medio derretir quemarle la punta de la lengua no podía competir con el de alargar la pueril inquietud de su novia. Sin embargo, la intención le duró poco, puesto que aquellas delicias le pedían a gritos que las devorase. Las galletas desaparecieron de su plato en unos minutos, y los ojos de Mar seguían danzando entre Andy y el paquete.

—Anda, vale, que ya lo voy a abrir. ¿Por qué estás tan nerviosa? Solo es un regalo.

La cumpleañera rompió el envoltorio sin cuidado alguno. Vio la primera caja y frunció el ceño, concentrándose en mantener sus ilusiones a raya. Giró la mano para poder ver el lateral del segundo paquete y así confirmar o desmentir sus sospechas. Efectivamente, era lo que había pensado. Relajó el ceño y sus labios dibujaron una sonrisa igual de pícara pero algo menos maliciosa que la de hacía unos minutos.

Su novia la miraba atentamente, buscando su reacción. Habían hablado del regalo hace meses, pero Marlene se había mostrado muy reticente a explorar allá por donde Andy la quería llevar. El salto mental que había tenido que dar era merecedor de una medalla. Había necesitado mucho tiempo para entender que Andy tan sólo buscaba una forma de recuperar la inocencia que le habían arrebatado en su infancia. Vivir con su padre no había sido fácil, como tampoco lo era visitarle en la actualidad. Disfrazarse era una forma de bajar las barreras que tanto le costaba tanto eliminar incluso con la persona que más segura la hacía sentir. Marlene hacía lo que podía, pero intentar reconstruir la autoestima de Andy no era tarea fácil. Tampoco era su responsabilidad, en cierto sentido, pero había logrado enfrentarse a sus propios prejuicios para tenderle una mano a su novia. Dar un paso más hacia el absurdo, hacia hacer el tonto, no le parecía tan difícil a Andy en la cama como se lo parecía en público. Opinaba que el sexo, aún siendo el momento más digno que tenemos como seres humanos, era ridículo por naturaleza.

Se le iluminaron los ojos al darse cuenta de lo que el regalo implicaba. El juguete era lo de menos; se sabía escuchada. Sacó los paquetes del envoltorio como si fuese el contenido, y no su compostura, lo que amenazaba con romperse. Abrió el primer paquete, el más liviano, y se puso la diadema con orejas en la cabeza. Pensó que a Marlene no debía haberle resultado demasiado difícil encontrarla en aquella época festiva. A continuación abrió el segundo paquete. Del interior sacó un precioso pompón con forma de cola de gamo, unido al inicio a una pequeña punta de silicona negra. El tacto de aquel material le encantaba. Esa suavidad rígida pero moldeable le parecía tan sensual como el acto mismo de introducir el juguete en su interior. Acarició sus suaves curvas, ensimismada. Le calmaba aquella pelambrera que a otros podía incomodar. Le daba un espacio para perder mínimamente la cabeza y recobrarla de nuevo con un ritual claro; se iniciaría al ajustar la diadema en su cabeza y tocaría a su fin al destaponar la puerta de atrás de nuevo. Aquella ceremonia estaría ahí siempre que la necesitase.

—¿Te gusta?

Mar sacó a su amante de sus cavilaciones. Sí, sí que le gustaba. Le gustaba tanto que se había olvidado del por qué del regalo, y de que seguía en la cocina con otra persona. A modo de respuesta Andy agitó el pompón y miró traviesa a Mar por la pequeña rendija que dejaban sus párpados entornados, buscando la complicidad en la mirada de su enamorada: aún tenían un par de horas antes de ir al restaurante a comer con su familia.

Marlene se levantó de la silla y se dirigió hacia el pasillo, donde Andrea la alcanzó y le dio un azote que hizo rebotar sus carnosas nalgas.

Brincó con fingida sorpresa y dejó escapar una risita aguda, nerviosa pero contenta de que fuesen a jugar.

Al llegar a la habitación, su pareja se dejó caer en la cama, lista para que se le tirasen encima. Pero, en lugar de eso, ella se dirigió al baño adosado a su habitación privada. No se había lavado los dientes aún.

—Un segundito.

Marlene se quedó esperando, retorciendo el edredón en su puño. Era la primera vez que se aventuraría a inspeccionar la parte trasera de su novia en detalle. Aunque Andrea le había dejado claro lo que le gustaba desde el principio, no se había atrevido más que a acariciar aquel agujero escondido.

Era de agradecer que Andrea hubiese entendido cada una de sus reticencias. Primero la posibilidad de un escape, del olor, de no saber reaccionar. Incluso cuando Marlene había soltado por fin la mayor de sus renuencias, la que más pesaba sobre su conciencia –el sexo anal... ¿era para ellas, para las mujeres?–, Andy había tenido la paciencia para ilustrarla.

Andy le había contado cómo durante mucho tiempo ella misma se había negado por miedo el placer de explorar su ano. Lo tenía asociado a la agresividad de los hombres, a la posesión. Pensaba que el dolor sería un mal necesario para que el hombre (por otra parte ausente en cada una de sus exploraciones) recibiese el placer de deshonrar otro agujero más de la mujer. Entonces, ¿dónde encajaba ella? Si el sexo anal era un sacrificio que las mujeres hacían por los hombres, una muestra de amor ligado a la esclavitud, ¿por qué ella, como lesbiana, lo *deseaba*?

No había podido frenarse en la soledad de su habitación de universitaria emigrada, ya libre del yugo doméstico que mataba su libido, y había explorado por detrás. Primero con un dedo, después con dos, y así hasta llegar a los *plugs* y los *dildos*. Había llegado a conocerse tan bien que sabía cuándo debía usarlos pegados en la pared de la bañera para no manchar las sábanas.

Sí, había mierda, pero era parte de los procesos naturales de su cuerpo, y ya no le daba miedo. Tampoco le daba gusto, pero no iba a dejar que las excreciones funcionales de su anatomía limitasen su placer. Primero había caído la regla, después el sudor, los pelos, la saliva, y, al final del todo, la mierda. Su cuerpo era su bastión y conocía al dedillo todo su funcionamiento. Ya nada podía avergonzarla.

Marlene oyó la cadena del váter y el chorro de agua del lavabo. Segundos después apareció Andy por la puerta. Las dudas que estaban asediando a la primera se disiparon al ver a su compañera ahí, desnuda. La tenue luz del baño y el fulgor que se colaba por los huecos de la persiana iluminaban a duras penas la pálida piel de su amante. Sonrió al darse cuenta de que los puntos claros que se reflejaban sobre la piel de Andrea se asemejaban a las motas del pelaje de los ciervos, pero se guardó eso para sí. No quería romper la atmósfera de intimidad que se había creado con un chiste.

Andy se apoyó en el quicio de la puerta, con su torso orientado hacia el marco, la espalda arqueada, y su culo formando dos perfectas cumbres redondeadas. Sabiendo que Marlene estaba prendada de su figura, movió las piernas como si anduviese, haciendo que sus nalgas subieran y bajaran en un movimiento rítmico e hipnótico. Las motas de luz bailaban en su piel, acentuando sus curvas, pintándola como un helado stracciatella de colores invertidos listo para devorar. Marlene quería hincarle el diente empezando por su boca traviesa y terminando en aquel afrodisiaco melocotón... ¿por qué había pasado tanto tiempo dudando?

Se levantó de la cama y se acercó a su Venus personal. La besó en los labios, colando su lengua entre ellos. Descendió por su cuello hasta su espalda y le mordisqueó la piel mientras le deslizaba las manos por la tripa hacia el triángulo de las Bermudas. Andy estaba tan excitada anticipando lo que iba a suceder que ya estaba mojada, aunque Marlene sabía que podía dar mucho más. Su amante se restregó contra la seda del pijama, tan suave que parecía una caricia de los ángeles, manchándolo de los efluvios que bien podrían ser manjar de dioses.

Marlene acariciaba los bajos de Andy con delicadeza, buscando una apertura para colarse entre ellos. Sus dedos resbalaron hacia delante sobre la humedad de su amante, que aprovechó para atraparla entre las piernas. Todavía colocada detrás, coló su otra mano en la ranura del lado contrario. Recorrió aquel esfínter tan intimidante sin prisa, acariciando sus duras arrugas. Fue casi mágico como Andy comenzó a relajar la tensión que ni siquiera era consciente de haber acumulado al darse cuenta de que su novia sabía lo que hacía.

Marlene se escupió en los dedos, puesto que estaba jugando en un lugar donde no disponía de lubricante. Deslizó de nuevo la aventurera mano hacia abajo, y combinó ambas para introducir un dedo de cada una en el interior de su novia. Aquello no le resultaba especialmente cómodo, y la maniobrabilidad era nefasta, pero el gemido de Andy la retuvo en su sitio. Siguió moviendo los dedos en su interior. Se tocaban por dentro a través de la fina película que los separaba. Andy estaba ya acostumbrada a aquella sensación, aunque no por ello le parecía menos excitante. Pero era precisamente la novedad lo que estaba encendiendo a Mar. Se notaba la entrepierna humedecida, aunque nadie se estuviese encargando físicamente de ello. No quería que su enamorada tuviese que concentrarse en nada que no fuese su propio placer, así que Marlene se arrodilló y se coló bajo ella, colocando sus labios sobre la ostra de la que sus dedos aún no se habían zafado. Los sacó instantes después para posarlos sobre su propia perla, incapaz de contener las olas de lujuria que la estaban hostigando.

Marlene parecía ser una persona con especial talento de circo; cada extremidad en uso de su cuerpo se movía a su propio ritmo y con un patrón singular. El dedo trasero se movía surcando suavemente el interior de su novia, mientras los que se paseaban sobre su propio cuerpo lo hacían en círculos veloces. Si hubiesen estado en un vaso de agua, habrían formado un torbellino. Su lengua, entretanto, trazaba veloces líneas de saliva sobre el clítoris de su amada.

Deseosa de estrenar el juguete, Andy condujo un segundo dedo de la aprendiz hasta su orificio trasero. Entró, pero la sensación no fue tan agradable como la primera vez, puesto que el lubricante escaseaba de nuevo. Se miraron y Andy tiró de la mano de su pareja para sacarla de su interior y corrió a coger la botellita azul del cajón de su mesita de noche. Marlene se levantó con las rodillas doloridas de posarlas contra el duro suelo de madera, y fue a paso más lento hasta la cama. Andy la esperaba ya allí, arrodillada y con las piernas abiertas para que se pudiese colar entre ellas.

Andy estaba tan nerviosa que el pegote de lubricante que exprimió del bote cayó sobre la tripa de Marlene, quien pegó un respingo al contacto con el frío líquido. Entonces se rio y lo recolectó con los dedos. El líquido se calentó, y cuando Marlene lo extendió en la entrada trasera de su compañera, ésta se estremeció. Retomando el ritmo pausado que aquella práctica requería, Marlene introdujo primero su dedo índice. Asegurándose de que su compañera de juegos no había perdido la dilatación con tanta emoción, introdujo el dedo corazón unos segundos más tarde.

Andy se sentó sobre los labios de su enamorada, dejándole el suficiente espacio para que pudiera maniobrar bajo ella, pero a una distancia a la que su lengua pudiese volver a acariciarla. Así prosiguieron durante un tiempo, Marlene succionando el néctar de Andy mientras ella gemía y empujaba para sentir el rozamiento de cada milímetro del cuerpo que la tocaba.

Andy se levantó y cogió la cola que tanto había pedido. Desde donde Marlene se encontraba no se podía ver cómo la punta de silicona se adentraba en las profundidades, pero sí la cara de gusto que se le quedó a la más atrevida de las dos al sentir como aquel objeto duro y suave se fijaba en su ano. El coño de Marlene palpitaba de deseo porque aquella mujer la tocase, por tocarla de nuevo a ella y por darle el mayor placer que le había ofrecido hasta el momento.

Su amante le tiró de los brazos para que se encaramara mejor a la cama. El cuerpo de Marlene se asomó entre los pliegues de su pijama. Aunque Andrea adorase aquella prenda, estimó que era hora de quitársela. Deslizó la camiseta hacia arriba mientras Mar se despojaba de los pantalones retorciéndose sobre las sábanas y empujando con las piernas. Las bragas acabaron formando una bola encima de la sedosa ropa instantes después. A continuación, una vez ambos cuerpos estuvieron plenamente despiertos y descubiertos, Andrea se colocó a cuatro patas encima de Marlene y hundió su rostro entre las piernas de su reflejo a la vez que bajaba las caderas para encontrarse con la barbilla de su amante. Eran perfecta simetría, mostraban una armonía tal que hasta el más puro de los puritanos se vería conmovido por su belleza.

Andy lamía el jugo de Marlene como si fuese agua fresca del río. Su nariz rozaba contra los labios de la otra, incitando a Marlene a que subiese las caderas para sentirla durante más tiempo. Mientras tanto, ella le devolvía el favor a Andrea jugando con la cola que ahora asomaba entre sus nalgas.

Sus gemidos se mezclaban en el continuo que formaban sus cuerpos. Sentían que eran una misma mujer, que la tensión de una aumentaba la de la otra, y que aquella excitación se esparcía por sus dos figuras como una nube que augura tormenta.

Y así siguieron hasta que, llevadas por el ardor, el cariño y la sencillez física de lo que estaban haciendo, llegaron al clímax. Andrea calló rendida sobre Marlene, exhausta por un placer tan envolvente que la había dejado noqueada. Por su parte, Mar disfrutaba del calor que le daba su amante, y de la sensación de sentir su piel desnuda. Y, por qué no decirlo, también de las vistas que ahora podía disfrutar con mayor calma y admiración con la cabeza pegada al colchón. Aquel juguete, tan discreto como llamativo, parecía encajar perfectamente dentro de su novia. Le desconcertaba tanto ver un objeto extraño decorando su trasero respingón que no lograba dejar de mirarlo para estudiar el contorno de su amada alrededor del mismo.

Aburrida del letargo, Andy se levantó y fue de nuevo al baño.

—Oye, ¿y si me lo dejo puesto para ir a casa de mis padres?

Marlene frunció el ceño, sin saber muy bien hacia dónde estaba yendo la conversación.

—Le puedo hacer un agujero a los pantalones y sacarla por ahí, ¿qué te parece?

Marlene abrió los ojos como platos nada más oír aquellas palabras, y en su boca se dibujó una mueca de preocupación. La escena del padre de Andy gritando nada más ver aquella clara señal de lascivia se había presentado en su mente de golpe. Aquello no acabaría bien, pero sabía que intentar convencer a Andy de que cambiase de opinión una vez había tomado una decisión era inútil. Debía pensar bien qué decir para intentar que aquel capricho no les arruinase la velada; Andy era cabezota, pero su padre lo era más, y cada uno de sus comentarios iría cargado de veneno. Sabía que si se aventuraban a una discusión, sería la hija la que saldría peor parada: su padre conseguía que volviese a ser la niña que había intentado continuamente complacer a un hombre tan recto que dolía.

Mientras escuchaba el agua de la ducha caer, caviló sobre cómo podría enfocar aquello sin que la causante de su angustia se pusiera a la defensiva. Entonces no solo discutiría con su padre, sino también con ella. Marlene, todavía sentada en el borde de la cama, se estaba mordiendo el labio con fuerza cuando Andy salió del baño. Ésta se la quedó mirando en el umbral que antes habían usado como soporte.

—¿No creerías que iba en serio? ¡Claro que no me voy a recortar los pantalones para provocar a mis padres! He aprendido la lección: me quieren mucho, siempre y cuando me comporte como la niña buena que no soy. —Andy guiñó un ojo—. Prefiero tener la fiesta en paz hoy. Al fin y al cabo, es mi cumpleaños. No quiero que nadie me amargue el día. ¿Para qué forzarlo si ya tengo mucha otra gente menos idiota que me quiere hacer pasar un buen rato?

Marlene sonrió aliviada, aunque no demasiado. Sabía que aunque esta vez parecía que no iba a tener que presenciar ningún escándalo en público, con aquel hombre nunca se sabía. Había ido aprendiendo qué temas podían ser peliagudos, y había confeccionado una lista bien completa. Los peores temas eran leches veganas, política, por supuesto, y cualquier alusión a que Andy y ella eran pareja o novias. "Amigas" o "compañeras" parecía ser la línea en la que mejor podían evitar pasar una tarde pasivo-agresiva.

—Ey, —dijo Andy, acercándose hasta ella— sé lo que estás pensado. Sabes que es duro para mí, pero cada vez me afecta menos. Sé cuál es mi familia, y a quién tengo que escuchar realmente.

Andy frotó su nariz contra la de Marlene y la ayudó a levantarse. Cuando entraron ambas en la ducha, Marlene vio aquel juguetito, que tantos dolores de cabeza le había traído, guardado de nuevo en su caja de plástico, a salvo de miradas indiscretas.

Piercings que queman

ME TEMBLABAN LAS MANOS mientras esperaba sentada en la recepción de la tienda de tatuajes. Notaba aquella sensación pegajosa del sudor frío en las palmas ¿Quién me mandaría ir allí? Yo misma me había intentado disuadir de todas las formas posibles antes de aquel día. Había paseado cerca de la tienda varias veces, con el objetivo de ver salir a la gente envuelta en papel film ensangrentado, o con la lagrimilla en el ojo. Había entrado con la excusa de comprarme unos aros para las orejas para ver si escuchaba a alguien gritar o dar golpes. Esperaba detectar quizá un piercing que hubiese salido mal, pareciese eso lo que pareciese. Pero la probabilidad estaba en mi contra.

En lugar de eso vi salir de la tienda a tantas personas con la felicidad trazada en el rostro que más que disuadirme, fue el último empujón para conseguir convencerme. Yo también quería mi propia marca, una señal voluntaria que me diferenciase de los demás, y que me hiciese encajar en un molde a la vez. Pero al sentarme a esperar mi turno aquel día, mi parte instintiva, la que le tiene algo de miedo a las agujas y una sensibilidad muy alta al dolor, empezó a despertar. Además mis preferencias no eran de las más inocuas: en lugar de elegir algún lugar de la oreja, quizá incluso en el labio si nos poníamos aventureras, había elegido los pezones. Bravo por mí. El lugar más doloroso a excepción, probablemente, del clítoris.

Pero allí estaba. Me había acercado a la tienda a mediodía, decidida a hacerme la perforación antes de comer para luego darme un buen atracón para recompensar mi valentía. Sin embargo, la bravuconería había brillado por su ausencia; ya eran las dos y hacía apenas diez minutos que había entrado por la puerta. Esas dos largas horas entremedias las había pasado en el bar a dos portales de distancia, donde me había pedido un par de cervezas y un chupito, para bajarme el miedo.

Mi parte racional quería que echase a correr para escapar del dolor inevitable de agujerearse la piel. Suerte que el alcohol te deja el córtex frito y la racionalidad se esfuma ante la excitación de lo novedoso. De todas maneras, esa parte que mantiene las cosas en orden ya me había hecho perderme muchas cosas, así que había tenido que aprender a acallarla, aunque fuese a costa de un par de neuronas. Se me había metido entre ceja y ceja que iba a tener un piercing en el pezón y nadie me lo iba a impedir, ni siquiera yo misma. Suerte que aguanto bien el alcohol.

Sin embargo, la ansiedad, la adrenalina, tenían que salir por algún lado. Acabé tamborileando con los dedos sobre mis muslos, y marcando un ritmo imaginario con las puntas de los pies. Llevaba los cascos puestos para disimular; quizá la gente pensase que seguía el ritmo de batería de alguna canción, aunque en realidad escuchaba música clásica. Así me obligaba a concentrarme en la música, que bajaba y subía de forma impredecible para una *muggle* como yo. Así no había estribillos ni repeticiones que dejasen vagar mi mente hacia la imagen ultradefinida de una aguja clavándose en la tierna carne de la punta de mi pecho.

Mientras tanto mis ojos viajaban de un extremo a otro de la habitación, y el repiqueteo de mis zapatillas agotaba la paciencia del resto de personas que estaban esperando en aquel pasillo. Me levanté e inspeccioné de cerca cada una de las opciones de aros, bananas y palos que ofrecía la tienda, intentando borrar con cuestiones estéticas el nerviosismo que ocupaba mi cerebro. Incluso me detuve ante los adornos para los genitales masculinos, unos que jamás vería fuera de la vitrina.

Al fin dijeron mi nombre y me dirigieron a una de las salas enanas destinadas a la decoración del cuerpo. Tan nerviosa estaba que no fui consciente de quién me acompañaba hasta que estuvimos encerradas en aquel lugar claustrofóbico donde solo cabía una camilla, un pequeño armario con agujas y dos personas que pretendían quedarse la una a centímetros de la otra.

Precisamente por la estrechez del cubículo me vi obligada a mirar de cara a la mujer que me haría el piercing aquel día. No tenía muy claro que me pudiese poner más nerviosa de lo que ya estaba al saber que se acercaba el momento en que la aguja atravesaría mi piel, pero en aquel momento descubrí la respuesta: sí podía. Aquella mujer era apabullante, de una belleza que te hacía querer esconderte en un rincón porque sabías que no te saldrían las palabras si se dirigía a ti. Y encima venía repleta de adornos: tenía un septum, las orejas llenas de aros y dos piercings en el labio inferior de los cuales quería tirar en ese mismo instante. Además, de debajo de su camiseta de manga larga y de la zona donde había descuidado el rapado de su corto pelo, asomaban los trazos de sendos tatuajes geométricos.

Miré hacia todas partes excepto hacia su rostro, intentando que no se notase que se me había hecho un nudo en el estómago. Sin embargo, el frenético vaivén de mis ojos no hacía más que empeorar la situación. No podía haber sido más evidente que me estaba poniendo a mil.

—Siéntate aquí —me dijo, dando unos toques sobre la camilla.

Mientras me acomodaba, moviendo el culo como si quisiera erosionar el papel que cubría el asiento, no se alejó ni un centímetro. Acabamos muy, pero que muy cerca. Probablemente podría haberle visto los poros de la piel si me hubiese atrevido a mirarla por encima del ombligo. En lugar de eso me puse todavía más nerviosa, y le sonreí tímidamente a su estómago, intentando parecer simpática y segura de mí misma. Viéndolo en retrospectiva, no entiendo cómo terminamos como terminamos.

—¿Qué has venido a hacerte?

—Un piercing en el pezón, en el derecho —dije con un susurro de voz.

—Perfecto, entonces quítate la camiseta y el sujetador. —Se dio la vuelta y comenzó a preparar la aguja y la barra que decoraría mi piel una vez hubiese terminado la tortura voluntaria. Me desnudé de cintura para arriba, algo más tranquila al no tenerla mirándome, aunque todavía me notaba las mejillas ardiendo.

El respiro duró poco. En cuanto se dio la vuelta, volví a notar las manos húmedas. Ella, imperturbable, marcó con un rotulador dónde iría el piercing. Sentí un tirón entre las piernas, una llamada de atención que no se correspondía con el momento. Aún siendo plenamente consciente de ello, no podía controlar que me excitase la imagen de sus dedos sujetando con delicadeza mi pecho, como si de una figura de porcelana se tratase. Parecía una artista que miraba la tela donde se disponía a pintar, lista para hacerla desaparecer bajo sus trazos punzantes, llenos de pasión, pero consciente de la delicadeza del proceso. La brutalidad de la aguja y el cariño de su tacto parecían incompatibles y, sin embargo, allí estaba ella, demostrándome que no era el caso.

Pero yo no estuve a la altura. No fui capaz de aguantar ni siquiera el primer empujón. La sensibilidad de mis pezones había jugado siempre a mi favor hasta aquel momento. El nerviosismo y la excitación inapropiada que me hacía sentir aquella mujer tampoco ayudaron. Mi chillido debió de oírse en todas las salas de la tienda.

—Para, para, ¡por favor! —Cerré los ojos y tomé una bocanada de aire para contener la lágrima que pretendía caer sin mi consentimiento. No había estado preparada para aquel dolor tan concentrado, tan intenso, ni tan siquiera tras haber visto una infinidad de vídeos del mismo proceso en Internet—. He cambiado de idea. Creo que es mejor que me vaya sin piercing ni nada.

Me miró, arqueando una de sus cejas perfectamente perfiladas que se asomó por encima del marco de sus gafas. Sacó la aguja sin avisar y pegué un brinco ante el suave recuerdo del dolor de hacía unos segundos. Dejó la aguja sobre la mesita a nuestro lado tan rápido que pudo sujetarme las muñecas antes de que lograse levantarme. Aunque me llevé otro susto, este fue bastante más agradable y además la laxitud de su agarre me hizo pensar que aunque quería retenerme, no lo haría contra mi voluntad.

—Me sentiría mal si hubieses venido hasta aquí para hacerte un piercing y te fueses con las manos vacías —susurró—. Creo que te deberíamos ofrecer algo más, ¿no te parece?

Quizá por primera vez en mi vida, mi cerebro estaba en blanco. No había ráfagas de pensamientos que intentar bloquear, ni verborrea difusa que intentar concretar para verle el sentido a la angustia que me atenazaba el corazón. En este caso, no podía hacer otra cosa que mirarla con los ojos abiertos como platos, sin saber qué decir. Mi ¿ex?-torturadora personal también me miraba, inquisitiva. Cuando mi cerebro logró reaccionar cual motor de tractor listo para el desguace, lo primero que pensé fue que sí, quería esto. Me relajé: mis hombros bajaron, volví a respirar y mi cara pasó del susto a la seriedad propia de un encuentro sexual improvisado con una Afrodita del grunge.

Ella encajó su cintura entre mis piernas y me las abrió para acercarse más a mí y poder besarme. Cerré los ojos y me sumergí en el beso. Sus labios eran esponjosos como las nubes de gominola, aunque aquella fantasía de algodón estuviese atravesada por dos aros de metal. La mezcla de dulzura y acero resultó ser una metáfora perfecta de su personalidad, aunque eso no lo descubriría hasta más tarde.

Logré deshacerme de su agarre para colar mis dedos entre su cabello. Alentada por mi reacción, me agarró de la cintura y tiró de mí hacia su cuerpo. El papel que cubría la camilla crujió al perseguir a mi trasero por el asiento; las dos colisionamos en el borde.

Sus manos encontraron el camino hasta mis pechos, pero cuando tocaron el pezón donde se había clavado la aguja unos instantes antes, inspiré fuerte. La zona aún estaba sensible, en el mal sentido. La tatuadora se alejó un poco con cuidado de no hacer movimientos bruscos cerca de mi herida, y me dejó ver con su mirada que lo que tenía en mente para sanarme era de todo menos inocente. Despacio, descendió por mi cuerpo, besando y mordiendo la piel de mi cuello hasta que llegó al dolorido semi-agujero. Lo cubrió con sus labios y lo acarició con delicadeza. La tensión que me había generado verla acercarse a aquella zona dolorida se esfumó ante la sensación calmante de su lengua y su saliva.

La estimulación hizo que mis pezones se endurecieran, y empecé a arquear la espalda, pretendiendo que mi nueva amante jamás se separase de mí. Quería sumergirme en su boca, que me comiese entera. Ante la imposibilidad de eso, decidí abarcar más de su cuerpo yo misma, y le desabroché los pantalones para poder deslizar mi mano entre sus piernas.

Casi de inmediato, noté su humedad calándole las bragas. Cuando vi que respondía a mis avances con jadeos que se escapaban por debajo de la camiseta enrollada de mala manera por encima de mis pechos, decidí ir un paso más allá e introduje mis dedos por debajo de la tela. Empecé a acariciarla, comenzando por los labios mayores, cubiertos con el rudo vello que protegía aquel tesoro. Los jadeos se hicieron más fuertes: sentía los resoplidos contra mi pezón, donde se enfriaba la saliva que lo cubría. Así me calmaba el dolor, a la vez que incrementaba las sensaciones placenteras. Pasé a los labios interiores con cuidado de no arañarla y le acaricié despacio, disfrutando de la suavidad de sus pliegues. Su concentración se tambaleaba, y al subir la velocidad de mis caricias, la atención que le había dedicado a mis tetas se volvió más esporádica. Su agitada respiración se interrumpía de vez en cuando su lengua salía a explorar mi areola. Pero parecía que esto no era suficiente.

Quizá consciente del estado de aquel pezón al que le había dedicado tanta atención, cambió al otro y mordió. No fue un mordisco especialmente fuerte, pero sin duda en el pezón herido me hubiese hecho daño. Yo quería ir más allá, así que introduje mis dedos en ella con la intención de subir nuestro encuentro aún más de temperatura. Sin embargo, rápidamente me di cuenta de que aquello no era posible de forma coordinada, así que saqué mis dedos hasta dejar tan solo la punta cerca de su entrada, presionando. Continué trazando círculos en su clítoris mientras variaba la presión sobre su abertura. Gimió al poco tiempo con un sonido que me hizo vibrar, y subió con prisa hasta mi cuello, donde me mordió con mayor fuerza, quizá para intentar silenciar los sonidos que estaba haciendo, que dejaban poco a la imaginación. Si alguien nos oía nos meteríamos en problemas.

Dio un paso atrás con una sonrisa diabólica dibujada en los labios. Esa mirada iba a terminar por volverme loca. Con una mano en cada una de mis rodillas, se agachó hasta el suelo y paseó sus manos con parsimonia por el interior de mis muslos, desnudos bajo mi falda. Cerré los ojos y ladeé la cabeza; mi nerviosismo había desaparecido. Era la primera vez que me pasaba algo así. Quizá se debía a que nunca había deseado algo lo suficiente como para mandarlo todo a la mierda hasta ese momento. La punta de los dedos de su mano derecha levantaron la tela de mi tanga y se colaron por debajo con demasiada discreción para mi gusto: no noté el roce de sus dedos hasta que se posaron intencionadamente sobre la parte más jugosa de mi entrepierna. Y según sus dedos tocaron al fin el centro de mi vulva, alguien llamó a la puerta.

Sorprendidas, nos tapamos rápidamente y ella abrió la puerta. Oí la voz grave del hombre que me había atendido en la recepción.

—¿Va todo bien? Lleváis un buen rato aquí y hay más gente esperando.

Mi improvisada amante le echó tan discretamente como pudo, asegurando que tan sólo nos quedaban unos minutos, que los nervios me habían jugado una mala pasada, pero que ya casi estábamos. No alcancé a ver la cara del hombre, así que no sé si estaba convencido, pero se fue sin añadir nada más. Ella volvió a cerrar la puerta y me miró, con un signo de interrogación prácticamente dibujado en la cara. Pero por desgracia la magia se había perdido, y la intimidad se había marchado por la puerta junto con el recepcionista.

Yo también me marché de la tienda poco después, con algo menos de dinero y la excitación aún latiéndome entre las piernas. Me planteé si volver al día siguiente, pero rechacé la idea nada más se me ocurrió porque no quería leer entre líneas y terminar asumiendo algo que no era real. Tal y como había quedado la cosa, era una aventura, una anécdota que recordar cuando la frustración de no saber cómo hubiésemos acabado se hubiese diluido un poco. Si lo dejaba estar, al menos el recuerdo mantendría el hechizo que me había capturado. Si lo dejaba estar, no tendría que teñirlo de decepción; no le dejaría saber a ella (¿a mí?) que andaba tan desesperada que iría a perseguir una casualidad a su lugar de trabajo.

Algo decepcionada, decidí darme placer yo sola aquella noche para calmarme y olvidarme de las locuras que se estaban aglomerando en mi cabeza. Igual recobrar el nerviosismo no estaría tan mal en aquel momento para evitarme hacer el ridículo innecesariamente. Sin embargo, cuando llegué a mi portal y saqué las llaves, cayó un papel con algo escrito al suelo. Abrí la nota que había llevado en el bolsillo y vi que había un número de teléfono y un mensaje con letras apresuradas debajo:

«Por si necesitas un chequeo de ese piercing a medio hacer.»

RESULTÓ SER QUE AL final no tuve que pasar la noche sola. Pero qué os voy a contar que no sospechéis ya. Opté por mandarle un mensaje en lugar de llamarla, pero fui directa al grano. Supongo que saber que me deseaba había convertido mi nerviosismo en un recuerdo obsoleto de una vez por todas. Le mandé un saludo breve y mi dirección. Luego me arrepentí y le mandé otro mensaje menos seco, con un "si te apetece" y un "si estás libre".

«Nos vemos a las ocho.»

Y, efectivamente, a las ocho en punto sonó el timbre de mi casa. Un escalofrío me recorrió el cuerpo. Me limpié el sudor de las manos en los pantalones antes de abrirle la puerta. Me pareció más atractiva al verla iluminada por la suave luz del pasillo. Las lámparas fluorescentes como las de su taller son mejores para trabajar el detalle, de eso no hay duda, pero diría que los seres humanos no estamos diseñados para que nos iluminen con esa intensidad; no solemos salir bien parados.

No hubo saludos hasta después. Cuando ya había recorrido cada centímetro de su piel con la lengua, cuando ya había dejado mi rastro sobre sus labios, cuando su entrepierna chapoteaba al pasear mis dedos entre sus pliegues, entonces fue cuando afloraron las primeras palabras. Nos susurramos los nombres que nos habíamos tragado por el ansia y nuestros jadeos reverberaron en los milímetros que quedaban entre nosotras, en el microcosmos en el que yo me hubiese quedado a vivir.

Después, nos reímos juntas, tiradas en mi cama con las sábanas a los pies. Traje unos vasos de agua y me sorprendí al ver que no se había tapado en absoluto. Su piel seguía reflejando la luz amarillenta de mi lámpara de techo, y a mí me seguía apeteciendo mordisquear cada doblez de su cuerpo.

Ella no parecía sentir pudor. Yo ya me había puesto las bragas y una camiseta, puesto que mi casa tiene ventanas enormes que hacen de mi vida privada un show para los vecinos. Pero incluso en aquella situación vulnerable, desnuda en casa de una extraña, su energía invadía la habitación. Me contagié de su desparpajo y me volví a desnudar mientras le sostenía la mirada. Me olvidé de mantener la compostura y me lancé sobre la cama para besarla, lamerla, chuparla y morderla de nuevo. Tracé la tinta que la adornaba con los dedos. ¿El dolor le habría dejado más espacio para el disfrute? ¿Qué sentía ahora que eran mis dedos y no una aguja los que trazaban los dibujos?

Pasamos la noche así, entrelazadas la una en el cuerpo de la otra, buscando resolver los misterios del placer en nuestras curvas, en los estertores del orgasmo, y en la semi-inconsciencia posterior.

Descansábamos un par de horas tras cada encuentro carnal en un duermevela que nos recargaba de energía para el siguiente asalto. Sobre si fue un encuentro único o uno eterno prefiero no hablar, porque aún no lo tengo claro.

El dueto de las flores

Este corto pertenece al universo Wanderers

EL SOL SE ESTABA PONIENDO a lo lejos, tras el monte cuyo valle hospedaba nuestro tímido lago. Esa era y sigue siendo mi parte favorita del día. Es entonces cuando los colores de mis congéneres aparecen pintados sobre el cielo, otro de los guiños que nos brinda la Naturaleza. El añil frío del día y del lago se transforman para abrazar la calidez de las ninfas: amarillo, luego naranjas y rosas que dejan paso a morados claros y oscuros que se funden en el azul marino del cielo. Pronto el negro reina sobre nosotras, vacío salvo por las estrellas que nos recuerdan que la luz volverá con plena intensidad al día siguiente.

Aquella noche vi ese desfile de colores yo sola; el resto ya se habían zambullido hasta las profundidades para dormir a salvo de visitantes nocturnos indeseados. Yo seguía sentada en la roca en medio del lago, rodeada de los nenúfares gigantes que formaban nuestro hogar. Una vez el sol desapareció del todo y solo pude ver el frío brillo de la luna, me bajé de aquella piedra, tiritando de gusto ante la refrescante temperatura del agua que bajaba de las montañas. Siguiendo las raíces de nuestras flores madre hasta las entrañas del lago, llegué hasta mi lecho, donde los rayos de luz nocturna no podían alcanzarme, pero los del sol podrían despertarme con su calor.

Las ninfas dormimos enredadas en las raíces de las flores que nos dieron a luz para quedarnos aseguradas, fijas y a salvo hasta el amanecer. Son estas mismas raíces las que comemos de buena mañana, chupando la savia para el desayuno. Una vez nos hemos desperezado, volvemos a la superficie, donde ellos ya nos están esperando en la orilla. Digo ellos porque la mayoría de los que se sientan con su cuaderno mientras nos observan son machos humanos. Una vez, casi recién salida del nenúfar, me acerqué a uno de ellos para preguntarle sobre aquello que escribía con el ceño fruncido entre las páginas de su libreta de cuero. Pero antes de que pudiese acercarme demasiado una de las ninfas más mayores –más sabias– me paró en seco y me dijo que no debía acercarme a nadie de fuera del lago antes de saber exactamente qué era lo que quería.

No entendí a qué se refería exactamente en aquel momento, era demasiado joven. Sin embargo, mi curiosidad no se redujo ni un ápice ante esta advertencia, así que seguí observando el panorama desde lejos y vi que a las otras ninfas pequeñas les pasaba lo mismo: cuando se acercaban a la orilla, ahí aparecía una de nuestras guardianas para frenarles los pies. A nuestras hermanas más mayores, sin embargo, las dejaban ir y hablar con los extraños. Algunas incluso desaparecían durante un par de horas con alguno de ellos y volvían más tarde, solas. Algunas no volvían jamás, y no tardaron mucho en explicarme por qué al comenzar el entrenamiento para la ceremonia de iniciación. Si a las ninfas nos tocan sin que queramos, no podemos regresar al hogar. Teniendo en cuenta que normalmente somos más ágiles que los humanos, eso no suele ser un problema, pero es importante que lleguemos al máximo de nuestras capacidades antes de marcharnos con ellos. Por qué algunas quieren arriesgarse aún escapa a mi entendimiento, pero allá ellas.

Por aquel entonces yo no tenía deseo ninguno, al igual que el resto de mis hermanas pequeñas. Nosotras acudíamos a cualquiera de aquellos seres de los colores de la tierra que pareciese poder ofrecer una respuesta. Sin embargo, las más mayores se acercaban tan solo a los humanos más hermosos. Las pocas humanas que se acercaban a la orilla eran altamente codiciadas; casi nunca duraban más de unos minutos en el borde antes de que alguna ninfa se fuese de la mano con ella. Pero la escasez de humanas en nuestra costa no era preocupación para nosotras; al fin y al cabo, todas las ninfas somos de sexo femenino.

No fue hasta que llegué a la adolescencia y la ceremonia de iniciación pasó al centro de mis preocupaciones que me di cuenta de que solo aquellas ninfas que habían sido instruidas por las mayores podían acercarse a los hombres de la orilla. Si bien es cierto que tenemos que ir a la ceremonia cada año, hasta que no se acercaba el momento en el que pasaría de ser espectadora a ser protagonista, no le presté mucha atención. Cada año es la misma historia: preparación, baile y banquete. Tanta repetición se acaba haciendo cansina, aunque algunas de mis amigas siempre se emocionaban el día de la fiesta... la comida nos mueve a las ninfas casi tanto como el sexo.

La ceremonia siempre es bajo el lago. Creo que es ese secretismo precisamente lo que atrae a los humanos hasta nuestras orillas, aunque mi interés en ellos cayó en picado con mi despertar y nunca les llegué a preguntar. Creo que son los misterios de nuestros rituales lo que intentan resolver cuando se van emparejados con una de nosotras. Y es eso lo que nunca conseguirán averiguar por el simple hecho de que por mucha teoría que se sepan, jamás entenderán lo que se siente al tener nuestra flor. Supongo que las humanas lo entienden algo mejor y por eso solo algunas aparecen por aquí.

El despertar de una ninfa es un evento tremendamente celebrado. Simboliza el final de nuestra evolución y el comienzo de nuestra independencia. Tras la ceremonia, el momento en el que se culminará nuestra primera polinización, nuestra piel empieza a brillar como si nos hubiésemos bajado un pedacito del sol para introducirlo entre nuestras piernas. Todas decían además que después del despertar sentían un calor que les nacía del pecho y les calentaba todo el cuerpo. No me lo creía hasta que me pasó a mí y el agua del lago pasó de ser una extensión de mi cuerpo a ser algo claramente distinto, refrescante. De repente mi piel estaba en constante estimulación con las caricias de la corriente, y mi flor sentía a veces el apaciguamiento del frescor en su seno, y otras el chute de excitación por sus caricias.

Una no llega a la ceremonia de iniciación así como así. Esa sensación de bienestar, de plenitud, hay que ganársela. Y es un proceso de años. Desde pequeñas se nos educa para que entendamos cómo funcionan nuestros cuerpos; al fin y al cabo son lo que nos mantiene con vida y lo que genera, de una manera o de otra, todas nuestras experiencias. Antes de poder salir a la superficie siquiera, debemos aprender cómo cambiar de la respiración subacuática a la aérea. Aprendemos qué podemos comer y qué no cuando nos aventuremos fuera del lago; algunas de las cosas que producen los humanos son verdaderamente atroces para la salud de las ninfas.

Según vamos creciendo y empiezan a cambiar nuestros cuerpos, vamos aprendiendo sobre esas cosas que aparecen o se metamorfosean: nuestros pechos crecen, aunque se mantienen en un tamaño muy pequeño comparado con el de algunas humanas, puesto que solo son un recuerdo de nuestro pasado mamífero, un recuerdo de que las flores gigantes que flotan sobre nuestro lago fueron, hace mucho tiempo, ninfas también. Es por ese periodo cuando florecen por primera vez nuestras flores particulares, desvelando los colores aún apagados que se encontraban ocultos dentro del capullo. Cuando la flor se abre, esa ninfa no podrá parar durante días de hablar del cosquilleo, esa sensación pulsante que se despierta en el centro de la flor. Se puede hacer muy aburrido cuando pasas un año escuchando el mismo tema todo el rato según más y más de tus amigas van avistando ese momento definitorio de toda ninfa. Porque es en ese instante cuando las ninfas más adultas deciden si ya estás lista para la ceremonia o no. ¿Qué se sentirá? ¿Cómo sabremos si nos pasa? Lo hablamos mucho, pero hasta que no lo sentimos no tenemos ni idea de cómo describirlo, porque ni siquiera las ninfas más expertas que llevan años experimentándolo saben explicarlo. Es indescriptible. Inconcretable. Lo bueno es que así, las ninfas mayores saben seguro cuándo las pequeñas estamos mintiendo, deseosas de explorar fuera de los confines del agua.

Esas son las lecciones más tempranas, pero según vamos creciendo pasamos de comprender el propio cuerpo a comprender el de otras. El mensaje que más se repite, sin embargo, sigue teniendo que ver con nosotras, con nuestra salud. "No debéis dar placer sin recibir lo mismo a cambio". Una y otra vez, hasta que lo tenemos tan metido en la cabeza que oímos esas palabras hasta en sueños, descontextualizadas. Con cada repetición parece que ese mensaje cala más hondo, hasta que se vuelve parte de nuestro cerebro primitivo. Y es que dar sin recibir no es bueno para nosotras de forma muy literal. Si ese estado de desbalance se prolonga demasiado, nuestro brillo se apaga y acabamos por pasar nuestros días completos bajo el agua, sin buscar los rayos del sol que tanto nos hacen falta. Todas hemos visto a alguna de estas ninfas, aunque sea complicado. Se vuelven indistinguibles del fondo del lago –nadie las avistaría si no fuese porque se mueven lánguidamente por el fondo.

Debemos ir a la ceremonia desde el comienzo de nuestras vidas. Al principio no sabemos de lo que se trata, pero cuando empezamos a adquirir consciencia y a registrar el alboroto que se forma alrededor de la fecha, y la atención que se le presta a las elegidas para ese año, empezamos a tomárnoslo en serio. No hay mejor método para motivarnos a aguantar el tedioso preparatorio para la ceremonia que saber que en algún momento seremos nosotras las aduladas. El recinto donde ocurre todo también ayuda a darle el aire pomposo que nos hará sentirnos importantes. Cada año entramos en la sala principal con el techo hecho de raíces especialmente gruesas de las cuales nacen otras mucho más finas, como si tuviesen cabello, que bloquean por completo la línea de visión al exterior. El recinto está lleno de rocas y raíces sobre las cuales las ninfas se van repartiendo, formando una circunferencia alrededor del escenario, que no es más que un círculo minimalista de arena en el centro del escondite. Igualmente, no lo van a usar más que para el comienzo del baile.

Cuando estamos todas sentadas y en silencio, las ninfas mayores que van a lograr la independencia salen al fin al escenario. Aparecen ya en las parejas que se les han asignado durante la semana de entrenamiento. El emparejamiento no es azaroso; mientras ellas estudian los mecanismos exactos para la primera polinización, las profesoras estudian las dinámicas de su clase para poder escoger quién irá con quién sin miedo a equivocarse.

Como toda fiesta que se precie, la nuestra empieza con el baile. Cuando los primeros rayos de sol bañan la superficie del lago, todas las parejas se levantan de golpe del suelo, llevándose consigo una cortina de arena mojada, oscura, que las oculta hasta que llegan a la posición desde la que comenzarán a danzar.

Las espectadoras podemos ver en detalle a la pareja más cercana, incluso podemos ver los músculos ondeando bajo la piel mientras nuestras compañeras mueven las piernas para mantenerse a flote. El peso del agua presiona contra sus hombros, pero no es rival para la fuerza de unas piernas que llevan jugando con ella desde que aparecieron en el mundo. El agua tiene que ceder, y forma remolinos alrededor de sus brazos y piernas. Junto con los destellos de luz que se van colando desde la superficie, los colores de las ninfas decoran esos torbellinos, creando un mundo de colores en el lago. El gentil oleaje choca, y pasa de una ninfa a otra, mezclando su calor desde el primer momento, y sus pieles empiezan a brillar como si el sol se hubiese colado bajo ellas.

Entonces la danza comienza de verdad. La coreografía no es difícil; lo difícil es mantener la concentración para coordinarse con el resto a pesar de las distracciones en forma de caricias vagabundas, besos sutiles, placer concentrado. En otras circunstancias, una semana de práctica constante sería mucho para un ritual que apenas dura unos minutos.

El pistoletazo de salida es una mirada. Cuando sus ojos coinciden en la línea de visión, como si un resorte las empujara de los pies, las parejas comienzan a girar, dibujando círculos que se empequeñecen con cada ronda. Las bailarinas se acercan más y más; según la distancia se acorta, se nos acelera el pulso. Su pelo revolotea como en los días de ventisca en el exterior y mientras, ellas se acarician el rostro como si hallasen un tesoro de tal delicadeza que el menor de los movimientos podría destruirlo. Es entonces cuando una de las ninfas de cada pareja posa su dedo índice sobre el torso de su compañera y traza una delicada línea hacia arriba. El dedo recorre el modesto valle entre los pechos de la otra ninfa mientras esta se deja caer hacia atrás, formando un arco perfecto con su espalda, sostenida por su compañera. Su cabello, que hasta aquel momento parecía tener vida propia de tan agitado como estaba por las corrientes de agua, queda suspendido en su sitio mientras cae hacia atrás, ocultando su rostro del público, pero no de su pareja.

Sus cuerpos se vuelven a juntar, desplazando el agua que las separaba, pecho con pecho. Rostro con rostro. Pero siguen curvadas ahora con los pies casi tocando la cúspide de su cabeza. Giran empujándose la una en la otra, tanteando el cuerpo que ya conocen pero que ahora tienen permiso para explorar a fondo, al fin. Pero aún no. Todavía queda parte del ritual, que se empieza a hacer pesado según la piel se calienta. Las vueltas se ralentizan y las ninfas enderezan sus cuerpos. Dos planchas que siguen vivas, que palpitan y sienten cosquilleos en las palmas de su mano, un picor que solo se rasca saciando su curiosidad.

RECUERDO LA PRIMERA vez que fui a la ceremonia siendo consciente de lo que significaba. De alguna manera me crecí; ya estaba entrando en la edad donde podría ser yo la que estuviese danzando. Tenía que pasar de un momento a otro, estaba convencida, así que entré con la cabeza bien alta. Quería que se me viera, que las monitoras tomasen nota de mi compostura, de lo madura que parecía. Me senté en primera fila, dispuesta a aprenderme la coreografía sin tener que ir a las clases para demostrar que estaba preparada. Quería salir del lago, curiosear por los alrededores, ir a visitar el pueblo donde vendían los manjares más dulces que jamás había probado. Eran unas bolas duras que dificultaban el habla al comerlas de lo grandes que eran, y que duraban mucho tiempo en la boca. Se iban deshaciendo sobre la lengua al mezclarse su sabor con la saliva, y dejaban la sensación más mágica que jamás había probado. A mis amigas y a mí nos las conseguía una de las ninfas que frecuentaba el pueblo, y nos juntábamos para comerlas a escondidas. Tras los primeros minutos ya no podíamos quedarnos sentadas, y nadábamos aquí y allá, persiguiéndonos y chillando cuando la bola disminuía lo suficiente como para que pudiéramos articular de nuevo. Después caíamos agotadas, deseando que llegase el día siguiente para comernos las bolas que nos quedaban.

Éramos inseparables, pero ese día decidí sentarme alejada de ellas para evitar las risas y el ajetreo que venían de serie en nuestro grupo. Me sentía solemne, adulta y ellas aún eran unas crías que podían entorpecer mi ascenso rápido hacia el exterior. Fue un fracaso y, echando la vista atrás, me doy cuenta de lo ridícula que debí parecer. Por suerte mis amigas no se lo tomaron a pecho, y me admitieron en el grupo de nuevo en el banquete, cuando ya me había aburrido de aparentar una edad que no tenía.

Pero la concentración da sus frutos. Estudié a la pareja que estaba más cerca de mí, una pareja rosa y naranja formada por las ninfas que más tarde conocí como Melissandra y Salaphise. Me fascinaban. Tenían una conexión que no estaba presente en el resto de ninfas. Si bien la energía sexual siempre se extiende desde las parejas hasta el público, atrapándolo, como una viscosa cascada de miel, lo suyo era distinto. No era pegajoso, era como aire, libertad, ligereza. No sabía lo que era, pero quería eso, y las necesitaba a ellas para que me enseñasen.

Desde el primer momento, los ojos de una quedaron prendados de la otra. Estaban perfectamente sincronizadas y en contacto constante: su pelo se enredaba, sus manos no se despegaban del cuerpo de la otra. Yo que las tenía tan cerca, podía estudiar las puntas de sus dedos cartografiando el movimiento del cuerpo ajeno, que parecía una extensión del suyo propio. Fue la primera vez que sentí envidia.

El baile de presentación acabó demasiado rápido para mi gusto, pero entonces comenzó la mejor parte: la improvisación. Melissandra volvió a atraer a Salaphise hacia ella, dejando sus labios a escasos centímetros de los de su pareja. Parecían un atardecer: sus cabellos rosados y anaranjados se mezclaban sobre el fondo azul del agua. Yo podía sentir el calor entre ambas incluso desde mi sitio en los márgenes del escenario. El control que necesitaban demostrar por estar en público tan solo hacía el evento más interesante y la tensión más palpable.

Melissandra siguió con la punta de los dedos la curva del cuello de Salaphise desde su mandíbula, mientras que ésta inclinaba la cabeza hacia un lado para dejarle espacio. No había impaciencia, solo una entrega a la caricia, al placer del tacto. La mano siguió bajando hasta encontrar uno de sus pechos anaranjados, una maravilla redondeada que parecía una mandarina lista para hincarle el diente. Despacio y pendiente de la reacción de Salaphise, Melissandra trazó la curva del pecho con la lengua. El suspiro de la primera fue escuchado por todas las demás ninfas, que pasaron a estar tan absortas en esa pareja como yo.

Sus nenúfares habían florecido y se hinchaban, dejando ver los pétalos entre sus piernas, despiertos, ofreciendo su néctar para deleite de la pareja danzante. Salaphise hundió sus manos en el pelo de Melissandra y la rodeó con sus piernas. Fue entonces que el pecho de Salaphise desapareció en la boca de Melissandra para ser succionado, lamido y mordido, mientras su pareja restregaba la flor de loto sobre su tripa. Estaban tan cerca que hubiese sido difícil saber qué parte era de quién si no hubiese sido por la diferencia de sus colores.

Salaphise se liberó con un empujón y trazó un círculo perfecto que la posicionó entre las piernas de Melissandra. Se agarró a ellas para mantenerse en el sitio y frotó su nariz contra las ingles de su compañera.

Después las besó, dejando sobre su piel su saliva espesa, y haciéndome a mí la boca agua.

Melissandra enrolló las piernas alrededor de los hombros de Salaphise, bloqueándonos la vista de lo que pasaba entre ellas. Sin embargo, desde mi posición podía seguir viendo la cara de Melissandra. La sonrisa relajada que había presidido su expresión se transformó en una sonrisa más amplia, con la boca abierta, en éxtasis. Según iba pasando el tiempo, esa mueca fue desapareciendo, y en su lugar fue ganando el ceño fruncido. Parecía que la ninfa rosada estaba presa del placer, que su cuerpo actuaba por instinto; sus músculos empezaron a contraerse empezando desde las piernas, hasta que su torso y su cuello se tensaron hacia atrás.

Cuando parecía que su cuerpo se iba a partir de la tensión, dejó escapar un fuerte grito de liberación y se relajó. Una mezcla de polvo de color oro y de un denso líquido amarillo pastel formó una nube entre sus piernas, tapando la cara de Salaphise, que se soltó y nadó para alejarse de dicha nube —tener polvo en los ojos no es el mejor final para el primer encuentro. Se relamió la melaza semi-transparente de los labios, terminando por mordérselos. Desde donde yo estaba me pareció que era algo arenosa, repleta del polen que estaba inmerso en su interior, pero más adelante aprendería que era el mejor dulce que se podía saborear, mejor incluso que las chucherías del pueblo. Las ninfas nos podemos pasar días alimentándonos de eso.

Melissandra, ya recuperada de su orgasmo, nadó hacia Salaphise. Le logró plantar un beso en los labios antes de que Rhysalia, una de las supervisoras de la ceremonia, hiciera sonar su silbato para indicar el final de la misma. Ya había transcurrido una hora, aunque yo no había notado pasar el tiempo. Era el momento de nadar hasta la superficie y dejarse llevar en el festín que habría preparado para poner fin al ritual de iniciación. Los manjares más deliciosos que podíamos imaginar estarían esperándonos: tulipanes secos, bulbos de narciso aderezados con el aceite que podíamos comprar en el pueblo, panel de abeja con fresas, ajo y jengibre envueltos en hojas de parra, ensaladas de alga... era un sueño culinario hecho realidad.

Ese día busqué por las mesas a Melissandra y Salaphise, pero no las podía encontrar entre las demás invitadas. La mayoría de las parejas del baile se habían separado; las ninfas tienen problemas serios a la hora de reprimir la necesidad de explorar nuevos lares. Allí arriba todo era ajetreo: se mezclaba el parloteo emocionado de las ninfas que acababan de despertar con los tonos más calmados de las adultas, emancipadas hace tiempo. Mientras tanto, las pequeñas nadaban de un lado a otro, apilando sobre sus platos la máxima cantidad de dulces que podían.

Me senté a la mesa con el resto de mi grupo, dudando de si no habría alucinado el baile que acababa de ver. Ellas parecían no estar afectadas por lo que acabábamos de presenciar. Estaban hablando sobre quiénes estarían en la siguiente ceremonia como si nada. Pronto empezaron a debatir sobre quién debería estar emparejada con quién. Lo más probable es que sus preferencias cambiasen a los dos días, pero se lo estaban pasando bien. Me uní a la conversación y di un nombre al azar para rellenar mis preferencias. Sabía de sobra con quién quería estar emparejada, pero eso sería imposible durante la ceremonia; todas las participantes debían ser siempre novatas. Tendría que acercarme a Melissandra y Salaphise después de mi iniciación, si es que reaparecían en algún momento. Pero no había de qué preocuparse: no soy conocida precisamente por mi timidez, y de todas maneras, mi enamoramiento probablemente se desvanecería en un par de días también.

MI ENAMORAMIENTO NO se fue. Empequeñeció, volvió a crecer, cambió, pero nunca desapareció completamente. Siempre permanecía en un rincón de mi mente, tapado por el resto de mis intereses amatorios más viables, que también iban cambiando de importancia según dónde viese que tenía más probabilidades. No diré que fuese un interés falso, porque sin duda Salaphise y Melissandra eran hermosas y su conexión seguía siendo tan fuerte y llamativa como el primer día, quizá incluso más con el transcurso de los años. Pero parte de que tuviesen un lugar fijo dentro de mi cabeza se debía a que no había podido pasar página, no había podido hablar con ellas y mucho menos había tenido suficiente tiempo a su lado como para introducir la posibilidad de que me dejasen formar parte de aquello que tenían aunque fuese solo una noche. En mi interior batallaban el deseo de cumplir mi fantasía y la seguridad de que, aunque dijesen que sí, al despedirme de ellas me iría igual de perdida que al empezar. De alguna manera sabía que lo que tenían no se podía explicar, pero no sabía cómo aceptarlo.

Quizá yo no era la única que quería exprimirles su saber, y por eso se habían marchado. Reaparecieron por el banquete más tarde, dadas de la mano, y fueron muchas las ninfas que se les acercaron. Empezaron recibiendo a las extrañas con una sonrisa, charlando un rato con ellas. Llegado un punto de la conversación negaban con la cabeza y la nueva ninfa se marchaba, a veces aún contenta, otras veces indiferente, y otras, enfadada. Pero según el número de ninfas que se acercaban aumentaba, su sonrisa se transformó en una línea recta, y sus ojos perdieron el brillo alegre que habían traído de donde quiera que se hubiesen escondido tras la ceremonia. Antes de acabarse su primera ronda de comida, cogieron sus platos de corteza y se marcharon. Nadie las volvió a ver hasta la ceremonia del año siguiente, en la cual desaparecieron después del baile. Y así cada año.

AL FIN LLEGÓ EL DÍA de mi ceremonia. Me emparejaron con Vhae, una ninfa morada con la que había conectado desde el primer día de entrenamiento. Se había colocado en un lateral del lugar donde organizaron las clases, preparada para dar buena cuenta antes de tiempo de los dulces que nos habían dejado para la pausa del mediodía. Tardaba bastante con cada mordisco, así que estuvo ahí, pegada a la comida, durante la primera mitad de la sesión de entrenamiento. Recuerdo que pensé que sin duda sabía dónde estaba lo bueno. Durante el primer descanso, cuando todas las demás ninfas acudieron en masa a la mesa, se echó a un lado y dejó que las demás se deleitaran con lo que ella ya había disfrutado con tranquilidad, sin empujones ni preocupación porque se terminase su bocado favorito. Después del descanso retomó su posición al lado de la mesa y yo me uní a ella. Nunca viene mal aliarse con el cerebro del grupo.

Nos quedamos de pie, masticando en silencio mientras escuchábamos las explicaciones de la entrenadora. Era la primera clase, ergo la más aburrida; la mayoría de nosotras ya sabíamos cómo hacer que nuestro nenúfar floreciese y liberase polen, pero no podíamos dejar a nadie atrás.

—¿Cuál es tu favorito? —me preguntó de la nada.

—La ensalada de flores con sirope de arce —le contesté. Sonrió y me acercó el plato a la vez que alcanzaba los dátiles que estaban detrás de mí. Olía al agua recién llegada de la montaña, y su voz sonaba igual de cantarina que la corriente que bajaba con fuerza en primavera.

Después de eso pasamos todos los descansos juntas, hablando de las tonterías de las que hablan las adolescentes. La invité a sentarse con mis amigas, que habían estado estudiándonos desde el principio, intentando presagiar si seríamos pareja para el baile; es difícil predecir lo que una ninfa hará tres días más adelante, y más con las jóvenes. Podía ver que algunas de ellas también estaban interesadas en emparejarse con Vhae. Normalmente no sería problema para una ninfa, no somos seres de una sola pareja y días hay muchos, pero solamente hay una ceremonia de iniciación que protagonizar, y yo ya había decidido quién quería que fuese mi pareja para la ocasión.

Hicimos el paripé de las clases, ensayando una y otra vez el baile de iniciación pero sin llegar hasta el final, y pasamos el último día con nuestras parejas. Se supone que debemos hablar sobre cómo continuará el baile tras la primera parte que es igual todos los años. También tenemos que aprender cuáles son las zonas erógenas más sensibles de nuestra pareja y dejarles que nos hagan un tour por su cuerpo, pero la verdad es que es algo ridículo hacerlo concretamente el último día. Vhae y yo llevábamos practicando esos detalles desde el día uno, siempre con cuidado de no propasarnos saltándonos la regla de que el primer clímax en pareja ha de ser tras el baile o, como mucho, durante. Si te saltas esas normas... no sé cómo las profesoras se enteran, pero siempre lo hacen, y entonces se acabó la ceremonia de ese año para ti. Eso significa esperar al menos otro más, hasta que se vuelva a convocar para poder hacer el ritual de iniciación. Y eso con suerte. No sé a qué viene tanta norma cuando la ley máxima del lago es el libre albedrío. Salvo por hablar con desconocidos antes de la ceremonia, faltar a la misma, o que una adulta inicie a una novata. Tampoco se pueden traer plantas o animales de fuera (incluidos los humanos), ni causar disputas entre otras ninfas.

Daba lo mismo, porque a mí no me interesaba romper ninguna de esas normas. Me aprendí el cuerpo de Vhae con una dedicación que nunca antes había demostrado más que por mí misma. Me lo aprendí tan bien, que aún hoy por hoy podría pintarla en un cuadro con los ojos cerrados, dejando que mis dedos embadurnados de pintura de lila trazasen sus curvas. A pesar de ello, no sentía la energía que había visto entre Melissandra y Salaphisse. Nunca la he sentido, pero la sigo buscando entre las piernas de las ninfas del lago, entre las de las humanas del pueblo. A veces incluso me aventuro por el valle hasta el bosque, donde he oído que se esconde la pareja codiciada para preguntarles. ¿Dónde, cómo y con quién? Pero nunca las encuentro y la respuesta se escapa entre mis labios cuando el polen se seca, una, y otra, y otra vez.

CEREZAS Y MELOCOTONES

Ruinas y rascacielos

YO ANTES ERA DEL CLUB de las infelices delirantes, de las que se alimentan de las desgracias ajenas para minimizar las suyas. De las que no se callan, y tiñen de gris los días de aquellas personas que prestan su oído para los puñales en la espalda y los lamentos sobre el café frío. La mayoría de los días me sentía como una leona enjaulada a la que le van dando filetes para evitar que rompa los barrotes y salga a devorar al primero que ande por ahí. La angustia me comía por dentro, pero yo pensaba que sencillamente estaba siendo realista.

No me ayudaba a salir de esa trinchera que me hubiesen convencido de que la gente irritantemente feliz era en realidad o muy aburrida, o tremendamente tonta. Y yo no podía ser así, yo tenía mucho que contar. Tal era mi elocuencia, que podía hacer hasta un ensayo sobre la mandarina podrida de la cesta de la fruta que me había jodido la mañana entera.

Las personas felices, me habían dicho, son un muermo y por eso no tienen problemas, porque su vida no tiene emociones ni cambios. Pero la verdad es que no es así. Las desgracias compartidas son menos desgracias, pero la felicidad compartida es... frágil. La gente va a intentar poner en duda que puedas ser feliz con lo que tienes. Es difícil llenar el vacío existencial con cosas materiales, pero es la única forma de hacerlo que nos enseñan. Nuestra habitación se va llenando de manera proporcional al hueco en nuestro interior, mientras nosotras seguimos sin atrevernos a mirar hacia dentro, donde realmente está el problema. Nos da miedo el reflejo que nos devolverá la oscuridad. La luz ajena ilumina aquellas partes de nosotras que preferiríamos mantener ocultas, así que en lugar de desempolvar los rincones, chupamos esa luz como un agujero negro. Intentamos que se apague para dejarnos de nuevo tranquilas en la penumbra. Por eso es mejor callarse las alegrías, para mantenerlas protegidas del escrutinio ajeno. Al menos durante un tiempo, hasta que la mecha de la vela esté bien prendida.

Ahora he entendido cuál es la clave de la felicidad: mirar lo que tienes y esforzarte en mantener lo que te gusta y dejar ir lo que no. Parece sencillo, pero en la práctica no lo es. A la vez sé y no sé cómo he llegado hasta aquí, porque las personas felices (y aquellas en tránsito) no son conscientes de los cambios. Parecen la evolución natural del autoconocimiento, no son nada a destacar. Acaba siendo algo así como: "esto es lo que quiero, así que esto es lo que tengo". Suena un poco al rollo ese de "manifestar" las cosas, pero no me malinterpretéis. Las cosas no se manifiestan, las cosas no pasan solas. Lo que ocurre es que implementamos los minúsculos cambios que poco a poco conforman el estrato perfecto para que aquello que deseamos pase a formar parte de nuestra realidad. Pensar que las cosas van a cambiar por arte de magia es estancarse.

Para mí, los cambios invisibles comenzaron el día que vi la invitación de Facebook de mi antigua compañera de universidad, Raquel. Llevábamos unos quince años sin hablar, desde que terminamos los estudios más o menos. Sin embargo, su primer mensaje me hizo la misma ilusión que si hubiesen pasado sólo unos meses desde que estábamos incomunicadas. Alguna vez había pensado en buscarla de nuevo, pero según pasaba el tiempo me sentía más absurda cuando elucubraba sobre si ella también me recordaba y echaba de menos nuestras tardes juntas.

Yo no soy de Madrid, así que cuando acabamos de la universidad me mudé de nuevo a otra ciudad con mi novio para empezar a trabajar. Los primeros meses Raquel y yo seguimos hablando, contándonos historias de los nuevos compañeros de trabajo, la vida en pareja y otras cosas del día a día. Repetíamos una y otra vez que teníamos que visitarnos, pero nunca nos venía bien, y al cabo del tiempo las llamadas se fueron haciendo menos frecuentes y dejamos de mencionar esas visitas que siempre se posponían. Y al final, al cabo de unos meses, las dos estuvimos demasiado liadas con nuestras amistades de carne y hueso y nuestro trabajo como para llamarnos. Nos fuimos olvidando la una a la otra y a ninguna de las dos nos extrañó. Suena triste, así contado, pero por suerte el enfriamiento de la amistad no fue violento. Supongo que eso es lo que nos permitió reengancharnos como si nada hubiese pasado, como si la última llamada hubiese sido hace apenas unas semanas.

Cuando empezamos a hablar por chat comenzamos con lo típico, lo que usualmente es terreno seguro. ¿Qué tal estás? ¿Sigues en el mismo sitio? ¿Todavía estás con Antonio? ¡Tenéis hijos! ¿Quién lo hubiese dicho, eh?

Pues sí, parecía que yo seguía haciendo lo mismo que empecé al dejar la universidad. Seguía con la misma persona, en la misma ciudad y en la misma empresa, aunque con un puesto mejor. Y yo me creía feliz. Pero siempre traía historias para chismorrear: con mis compañeras sobre mi marido y con mi marido sobre mis compañeras.

Y entonces llegaron sus respuestas: no, se había ido a trabajar al extranjero durante un tiempo y se había separado de su pareja antes de marcharse. Nada de malos rollos, simplemente distintas metas en la vida. Ahora volvía a España, concretamente a mi ciudad, para seguir con la empresa en la que había trabajado en el extranjero, pero centrada en las relaciones comerciales con España. No había tenido hijos. No había estado segura de si los quería o no y sentía que ya era un poco tarde. Pero tenía sobrinos y estaba encantada siendo tía. Le hacía ilusión volver a España para poder verles más.

Cuando me imaginé en sus zapatos, viviendo sola y trabajando en otro país, sentí como si me hubiesen pateado el estómago. Vivir sola. No sin hijos, que a mis hijos los adoro, sino sin marido. Libre, haciendo lo que me saliese de las narices ahora que mis chicos ya estaban creciditos. Sin tener que cuidar de alguien que tenía la inteligencia emocional de una zapatilla y que pensaba que el mundo giraba a su alrededor. Llevábamos veintidós años viviendo juntos, y aún no sabía qué regalarme por mi cumpleaños.

Su solicitud de amistad me trajo a la mente recuerdos de nuestras locuras universitarias. No había viernes sobrio ni fin de semana que no estuviésemos viajando o de fiesta por la noche. Un sabor amargo me invadió la boca con la intensidad de las fragancias de una perfumería. Entonces supe que tenía que hacer algo, y las cosas empezaron a encajar en su lugar.

ME TUMBÉ EN LA AMPLIA cama que había compartido durante tantos años con mi marido. Exmarido. Hasta hace poco me había parecido estrecha cuando sus pies se encontraban con los míos bajo la cama. Y pensar que ese desasosiego había estado ahí tanto tiempo, pero que había necesitado que alguien de fuera me revolviese el estómago de emoción para darme cuenta de que algo marchaba mal. O más bien de que no marchaba en absoluto.

Ahora la cama me quedaba grande. Intentaba usarla sólo para dormir, cuando estaba tan exhausta después del largo día de trabajo que no tenía energía ni para sentirme vacía. Pero esta era mi casa, mi habitación. Necesitaba reconquistar mi espacio. A veces dudaba de si había sido buena idea insistir en quedarme el apartamento, aunque hubiese sido por mis hijos. Al menos Antonio tenía un espacio donde empezar de cero, un lugar sin resistencia a la colonización por su nuevo yo. Pero yo vivía inmersa en las contradicciones que me habían llevado hasta aquel punto en el que aún me sentía algo a la deriva. Mi cerebro parecía dividido en dos y ambas partes se peleaban a muerte: el optimismo y el pesimismo; el ying y el yang.

Me sentía triste, angustiada, pero al mismo tiempo era tan feliz que bullía con una emoción que no había sentido desde hacía años. Y me sentía mal, pero no por sentirme feliz, sino por no sentir ni un ápice de culpa por ello. Los remordimientos que sentía nacían de esa felicidad de la que me creía indigna, no del dolor que le había causado a él. Lo suyo era meramente ego herido. A mí me quedaba todo un puzzle de emociones y de contradicciones.

La sensación imperante, sin embargo, era el miedo. Miedo a poner toda mi verdad sobre la mesa y dejar que Raquel me mirase fijamente a los ojos (con toda la incertidumbre que albergaban). Miedo a que todo se desmoronase, a que las cosas con Raquel no funcionasen. No era justo ni inteligente por mi parte otorgar tanta importancia a algo que comenzaba con una persona a la que hacía años que no veía, pero no podía evitarlo. Sentía que el éxito de la relación sería una señal de si había tomado la decisión correcta. Con toda la suspicacia que sentía, igual me estaba predisponiendo ya para el fracaso.

Había ido a la cama a otra cosa, pero mis pensamientos volvían a dar vueltas en círculos, cuyo centro siempre era ella. Exasperada, harta de estar encerrada en mi cabeza, eché mano del vaso de whisky que me había servido hacía un rato y andaba olvidado en la mesita de noche. Iba a necesitar ayuda externa para desconectar. Es lo que tiene el autoconocimiento: hasta las cosas más feas de ti misma las puedes reconducir a algo positivo.

El frío del hielo contra mis labios y el dulzor del alcohol cortaron mi hilo de pensamiento. Inspiré profundamente para terminar de despejarme. Otro sorbo. Esta vez disfruté de la quemazón que me recorrió la garganta, siguiendo el camino de aquel líquido de color de miel.

Aunque me había serenado un poco, notaba la ansiedad acechando en las esquinas de mi mente, esperando a que bajase la guardia para atacar de nuevo. Me había diseñado una estrategia para estas situaciones que me habían asediado con frecuencia desde que pasaba las tardes abandonada a mis cavilaciones. Imaginaba que estaba en medio de un campo blanco como la nieve recién caída, bordeado por una valla de madera hecha con tablones gigantes imposibles de escalar y tan juntos que tampoco dejaban hueco para colarse entre ellos. A través de los tablones de madera podía ver a algunos de los trasgos que intentaban abrirse paso. Eso me daba paz: aunque los enemigos no podían alcanzarme, yo les podía mantener en el punto de mira, controlándoles. Les veía forcejear con la madera, morderla. Estiraban sus brazos por entre los tablones, me observaban con sus ojos naranjas, deseosos de instilar en mí el pánico del que se alimentaban. Pero mientras estuviese dentro de aquella verja estaría protegida, así que me imaginaba tumbada sobre el suelo albino y sonreía.

Que sensación tan maravillosa. Era mejor que el alcohol, mejor incluso que los besos que tanto ansiaba. Creo que hoy en día la gente no está acostumbrada a estar en paz, y menos nosotras, las mujeres. Por eso cuando la tranquilidad nos llega sentimos unos nervios aplastantes que nos sacan de un tirón de ese estado agradable. Pensamos que no nos la merecemos, y la culpa nos invade, cuando la realidad es que a pesar de los méritos que hagamos para ganárnosla, nunca se nos permitirá disfrutar de la tranquilidad. Pero yo me había inventado algo más poderoso que la culpa: una historia de fantasía. Si mi yo imaginaria podía estar serena aun rodeada de monstruos, mi yo real debía poder con sus problemas absolutamente mundanos.

Ahora que la calma había vuelto, podía dejar entrar en mi cabeza selectivamente a quien yo quisiera y así evitar encontronazos mentales que reavivasen mi desasosiego. Y sabía a quién quería dejar pasar para que me ayudase a reconquistar mi cama.

Recordé aquella tarde en la que Raquel y yo habíamos charlado sobre chicas. Acabábamos de empezar la universidad y teníamos candentes esas ganas de revolución que no se aleja demasiado de la norma que tantas jóvenes profesan. ¿Qué hubiese pasado si nos hubiésemos lanzado al vacío en lugar de haber maquillado nuestra atracción con el tinte de la curiosidad por miedo a disentir demasiado? Igual nos hubiésemos amado incondicionalmente como lo hacen quienes aún no entienden que el amor nos define plenamente, o igual hubiésemos terminado fatal, incapaces siquiera de dirigirnos la palabra. Al fin y al cabo, éramos unas crías y la juventud es intensa, tanto para bien como para mal. Tal vez era mejor que nos hubiésemos reencontrado de mayores para hacer realidad mis fantasías de entonces y las de ahora. Esas que intercambiábamos en mensajes furtivos que leía a escondidas a la una de la madrugada.

«Quiero volver a saborearte».

De joven, Raquel sabía a regaliz ácido y a vodka con Coca Cola. Su pelo era del color de las palomitas con caramelo y su piel olía dulce de tanto azúcar que comíamos. Seguro que había tenido más sabores, más olores, pero nunca nos habíamos besado alejadas de las fiestas y los excesos de los botellones. No sabía si me excitaba más conocer su sabor real o viajar al pasado a través de sus labios.

«Ya no somos niñas. Ahora sabemos lo que queremos. Estoy impaciente de que me enseñes lo que deseas tú».

¿Cómo sería el tacto de las manos de una mujer adulta sobre mi cuerpo? Una mujer que, aunque no me conociese a mí en particular, había conocido a otras en profundidad. Una punzada de envidia se clavó en mi estómago. Ojalá hubiese tenido yo esa valentía también. ¿Sería distinto follar con alguien que compartía mi anatomía? Igual eso no importaba, igual la diferencia crucial era que lo haría con alguien que se conocía a sí misma... Ah, ahí estaba de nuevo la envidia. Es difícil dejar atrás las malas costumbres que llevas repitiendo durante años.

Me revolví sobre el colchón, y el camisón, que ahora me quedaba grande tras aquellos meses de intenso estrés, se deslizó hacia abajo, dejando uno de mis pechos ligeramente al descubierto. Hacía mucho que no veía el atractivo de mi desnudez. Son las consecuencias de un matrimonio muerto y de andar corriendo todo el día de aquí para allá. Trabajo, hijos, amigas... al final el sexo va desapareciendo de tu vida sin que te des cuenta. Un día desaparece del todo y ya no sabes de dónde solías sacar las ganas ni por dónde empezar a recuperarlas.

Pero según empecé a quedar con Raquel el deseo había renacido con una fuerza solo equiparable en magnitud a la imposibilidad de tenernos. Me daba igual que su pelo tuviese ahora mechones del color del merengue, o que su piel oliese a perfume y estuviese marcada por las arrugas del tiempo. En una contradicción digna tan solo de las mujeres, no lograba ver mi cuerpo con el mismo pragmatismo.

Habíamos estado hablando por mensajes y viéndonos en persona, pero nos habíamos quedado en los abrazos y los besos en las mejillas. A pesar de que mi relación con Antonio ya no era ni matrimonio ni era nada, no quería que nuestro final estuviese marcado por el sexo con gente ajena a nuestro (des)amor. Detestaba la idea de que tuviese un arma arrojadiza tan certera contra mí como la acusación de que le había puesto los cuernos para eludir la responsabilidad de haber cavado la tumba de nuestro romance. Y tampoco quería contaminar mi relación con Raquel de la ponzoña de un divorcio. Pero ahora ya estábamos separados y cuando Raquel volviese de su viaje...

Raquel no había visto mi cuerpo más que en fotos que yo misma me había tomado y editado con detenimiento antes de mandarlas. Ella no conocía mi cuerpo de ahora, tras dos hijos y con la mella del paso del tiempo bien grabada en mis carnes. Aun así, había insistido en que quería observarlo, devorarlo, beber de mí como si fuese la fuente de la juventud. Y quién sabe, quizá lo fuese. A través de su deseo mi cuerpo había renacido. Mi libido había revivido y mi piel brillaba algo más. Había días en los que me sentía Afrodita, y otros en los que solo acertaba a verme como un ogro torpe y arrugado. Esa contradicción me estaba volviendo loca, pero la balanza se iba inclinando hacia un lado y cada mensaje de Raquel ponía más peso en el plato de la diosa.

Mis pechos, atravesados por las estrías de alimentar dos nuevas vidas, habían tomado otro cariz desde mis primeras conversaciones con Raquel. Ahora el desliz del camisón me parecía más un accidente provocador que un error a corregir antes de que su exposición ofendiese a alguien; a mí.

Juguetona, tiré hacia abajo del lado caído de la escasa tela que me cubría en verano, para revelar del todo la magia de las montañas femeninas. El bultito rosado, que por tantas bocas había pasado, salió de debajo de la tela. Recordé la forma de los pezones de Raquel marcados en la tela del pijama cuando nos quedábamos a dormir una en la habitación de la otra en la universidad. Nunca los había visto destapados. Al pensar en explorar el cuerpo de mi amiga, conocido y a la vez tan extraño, nació en mi interior una energía casi obsesiva que sabía que no se iba a apagar hasta que me encontrase entre sus sábanas.

«Quiero enterrar mi rostro entre tus pechos e inspirar tu olor, llenarme cual frasco de perfume para tenerte siempre cerca».

Y yo quería eso mismo. La quería sobre mí en ese mismo instante. Imaginándome que eran sus manos las que me agarraban, junté mis pechos e inspiré, recreando su rostro en mi cabeza. Mis dedos viajaron por encima de mis pezones, y la electricidad de mis fantasías se trasladó de la punta de mis pulgares a aquellas maravillas arquitectónicas de la naturaleza.

Se erizaron. Ellos buscaban mis dedos tanto como mis dedos los buscaban a ellos. Pero no estaban satisfechos: buscaban más allá de mi corporalidad, la buscaban a ella. ¿Cómo sería nuestro primer encuentro privado? Paciente, delicado, agitado, necesitado, urgente. Podía ser todo aquello en la misma tarde. Ya lo había demostrado con sus mensajes.

«¿Qué te crees? ¿Que yo no he envejecido? Las dos somos mayores y, espero, más diestras».

«Quiero trazar las líneas de tu cuerpo con mi lengua».

«No me tientes, porque voy a por ti ahora mismo».

La adolescente alocada, necesitada de validación, se había convertido en una mujer con las ideas claras. Antes hacía las cosas por creerse revolucionaria, ignorante de las verdaderas consecuencias de sus actos. Ahora las hacía muy consciente de llevar la revolución dentro. Al fin y al cabo, el amor por otras mujeres en este mundo hostil no es otra cosa que la revolución de lo cotidiano.

Para hacer la revolución hacen falta armas, y ella las tenía todas listas. Sus manos, su boca, todo su cuerpo estaba listo para disparar. Había estado preparada para reventar a cañonazos mi rutina muerta, y ahora me ayudaba a reconstruir mi ciudad con las ruinas del asedio. Yo tan sólo veía los cimientos; no sabía si los nuevos edificios resistirían.

Me gusta esta narrativa épica, pero en el fondo sé que mi historia es mucho menos emocionante que un libro sobre la guerra. O eso me hacen creer los descendientes de Tolstói. De todas formas en realidad no hubo siquiera cañones metafóricos durante mi resurrección, sino grietas que se hicieron tan grandes que se llegaron a asemejar a los boquetes que dejan las bolas de cañón.

«Tú quieres estar dentro de mí y yo quiero estar dentro de ti».

Sí... eso nunca lo había podido negar. La desazón que me había consumido desde el instante en que la volví a ver fue demasiado evidente como para ignorarla. Antes de saber que a ella le pasaba lo mismo, nos veíamos y yo volvía a casa inconsciente y alterada. No podía parar de dar golpecitos con los pies; toda yo era una melodía arrítmica de nervios. Me sudaban las manos cuando Antonio me preguntaba por la velada. Hasta que no oía el sonido del móvil diciéndome que tenía un mensaje nuevo no podía parar. Nunca se me ocurrió escribirle a ella primero hasta que Antonio se mudó. ¿Cuál de las dos cosas era mayor traición? ¿Los nervios o el mensaje?

«Olvídate de lo que fue y concéntrate en lo que será. Piensa en el primer amanecer en el que nos despertemos juntas. Piensa en el sexo mañanero, en el sabor del café en mi boca y el olor de la noche entre mis piernas».

No podía esperar a saborearla. Zambullirme entre sus piernas, comprender la gloria de mi propio sexo a través del suyo. Un mar viscoso de lujuria. Podríamos alcanzar la sincronía perfecta, yo nadando en ella y ella nadando en mí. Me imaginé sus caderas lo mejor que pude, adivinando sus formas por lo que se insinuaba bajo las faldas de tubo que le gustaba llevar. Había tenido yo tantos prejuicios; no podía conciliar su apariencia de mujer formal, trabajadora, con los mensajes que esperaba de madrugada oculta tras la mampara de la ducha.

La luz desaparecería de mi campo de visión cuando Raquel se quedara suspendida a unos milímetros sobre mí. No habría problema porque la oscuridad es mi amiga; escondida en mi sombría habitación había llorado lágrimas de pena y de felicidad. No había podido explicarme ni siquiera ante mí misma y, puesto que mi desconcierto no parecía dispuesto a disolverse pronto, había preferido el silencio a las miradas de asombro de otros. No necesitaba más piedras en el camino.

Pero de la oscuridad impuesta por la figura de Raquel podría salir más fácilmente. Ella se colocaría sobre mí, y cuando se volviese a levantar, magia: no más llantos, no más miedo. Sería un bautizo de fuego que me llevase hasta mi nuevo equilibrio. ¿Qué sería lo que me hiciese estar segura de que había tomado la decisión correcta? ¿Su sabor, su olor? No. Sería mi deseo consumado. Y que ella se quedase después.

En mi cabeza se había quedado fijada la imagen de sus posaderas bloqueándome la luz de forma que solo lograse discernir, a muy detallada escala, su sexo frente a mí. No necesitaba ver nada más. Saqué de mi cajón un juguete que encajaba a la perfección con aquello que tanto deseaba.

«¿Abrirás las piernas ante mí? Quiero verte bien desplegada para poder rebañarte hasta la última gota».

Escupí sobre el juguete; no todo en el sexo es elegante. Encendí aquella esfera vibrante y la coloqué entre mis piernas. La palanquita, dura y maleable al mismo tiempo, giraba y me rozaba el clítoris, pasando también como por despiste sobre mis labios húmedos. Poco a poco me iba llenando y mi entrepierna pasaba a reclamar toda mi atención.

La vibración de aquel artefacto de color lila se extendía por mi vulva, de forma que parecía que alguien –Raquel– lamía mis labios y murmuraba contra mi sexo simultáneamente. Quizá ella sería tan atrevida en la cama como por mensaje. Quizá me diría todo lo que todavía me deseaba hacer mientras su lengua se perdía entre mis pliegues, haciendo chocar sus palabras contra mi entrada. Quizá el eco de su voz me hiciera cosquillas por dentro. O quizá sintiese su aliento hinchándome, tal y como sentía que me llenaban ahora las vibraciones.

Era una sensación extraña. Consumía mi atención hasta tal punto que tuve que olvidarme de las manos, de los pechos, de todo salvo mi vulva, que lo absorbía todo y parecía crecer como una esponja con aquella tensión que se transmitía por el aire.

Dejé caer mis manos a los lados, manteniendo la bola de placer automático sujeta entre mis ingles. Tan sólo podía sentir e imaginar. Reproduje la imagen de Raquel descendiendo sobre mí a cámara lenta. Me fijé en cómo su coño iba ganando definición con cada *replay*. Al principio solo veía los labios carnosos acercándose a mi rostro. En la segunda vuelta, aprecié el brillo de su flujo bañando aquella zona. En la tercera ya podía ver las arrugas. La diferencia entre realidad e imaginación se volvía difusa. Quise agarrarla para atraerla hacia mí, pero ni ella estaba, ni mis brazos me obedecían. Quizá mi mente aún conservaba algo de consciencia y no quería romper la ilusión.

Su cuerpo se acercó una última vez, y mi imaginación no pudo con aquello; me vi sobrepasada. Raquel venía hacia mí y ya no me quedaban trucos para volver a alejarla.

«Necesito que me devores».

Ahí estaba, justo encima. En mi imaginación, su lengua era la que trazaba el camino que recorría la protuberancia de plástico que me masajeaba, buscándome el orgasmo. Estiré la lengua, intentando darle todo el realismo que pudiese a aquella fantasía de la que me veía incapaz de salir hasta que mi cuerpo se liberase. Si Raquel realmente estuviese colocada sobre mi rostro, sin duda mi boca no hubiese tardado ni un segundo en posarse bajo su delicatessen rosada.

Cuando creí que su piel blanda y jugosa tocaba el final de mi lengua estirada, aceleré la máquina que vibraba en mi entrepierna. Se me tensó el cuerpo, como si la energía de aquella batería cargada al máximo se colase en mis músculos y fuese fluyendo poco a poco hacia mi clítoris, donde su lengua giraba sin descanso. Las vueltas habían acelerado, y con ellas también se incrementaba la velocidad a la que la Raquel imaginaria descendía sobre mí.

Mi lengua, creí yo, había desaparecido entre sus pliegues que ahora se colaban entre mis labios. Sus caderas oscilaban con una cadencia similar a los giros del vibrador que amenazaban con romper el velo ilusorio. Pero no debí temer que ficción y realidad se desacompasasen, puesto que entonces irrumpió en mi mente el mensaje que me deshizo.

«Te voy a hacer ver las estrellas tan de cerca, que vas a creer que estás en el cielo».

Agradecimientos

LLEGA LA MEJOR Y LA peor parte una vez más. El adiós o, en este caso, el hasta pronto. No me puedo ir sin antes agradecer a todas las personas que han hecho este libro posible que, de nuevo, no son pocas.

A Jampy y Manu por echarme una mano con las primeras revisiones. Tiendo a enrollarme mucho y a hacer frases eternas que necesitan cortes precisos para transformarse en lo que tenéis aquí arriba.

Muchas gracias a Maria de ArsEroticas y Lara (Joliecourge) por ser las lectoras beta de esta antología. Gracias por sus preciosas palabras tras la lectura y por ayudarme a darle los retoques finales a la obra para hacerla más excitante, más difícil de dejar.

Gracias también al equipo de Audiodesires por haberme ofrecido un trabajo en esto de la erótica que paga de manera más estable las facturas. Parece que mi escritura y mi trabajo en la empresa compiten, pero no es así. Leyendo a otras personas se aprende, se cultiva la inspiración. Y además me ha hecho creer con mucha más fiereza que mi tiempo en el laboratorio es limitado, que voy a poder salir de ahí.

Por supuesto, gracias a Feinhert y de nuevo a Jampy por haberme presentado su Universo Wanderers, del cual habéis sido partícipes ahora vosotras también. Se acerca mucha magia, y si queréis manteneros al tanto podéis seguirles a ellos en redes sociales como @feinhert y @jaumeantonmaldonado.

Y por último, gracias a todas las personas que me han ofrecido entrevistas, reseñas, palabras por privado que me han animado a seguir escribiendo. Algunas de estas personas se han convertido en fans acérrimas que valoro hasta el infinito. Gracias por darme vuestra confianza y vuestra ilusión.

Y, claro, gracias a ti por comprar este libro y darme una oportunidad. Espero que te haya gustado.

Acerca de la autora

Clementine Lips (Madrid, 1995) es una escritora de erótica feminista de origen anglo-hispano. Clementine (Clem para las amigas) escribe historias centradas en el placer femenino, invitándonos a dejar atrás la vergüenza alrededor del sexo y de nuestros cuerpos para aventurarnos en el autodescubrimiento. Se centra en el deseo de las mujeres: qué quieren en la cama y cómo lo consiguen. Clementine quiere retratar ejemplos de mujeres empoderadas para ayudar en el camino hacia una sociedad dónde seamos libres de explorar nuestra sexualidad sin sentirnos ni "putas" ni "santas".

El objetivo de Clem es crear una colección de relatos y novelas eróticas feministas para todas las mujeres que están buscando una forma de erotizarse sin tener que empañar las gafas moradas de rabia. Se acabaron la vergüenza, la pasividad y la coacción. Se acabó el mirar hacia otro lado cuando nos encontramos algo que nos irrita al leer erótica. Sus historias son un entorno seguro alrededor del sexo para nosotras (y los hombres que ven en violeta) para contribuir a nuestro camino hacia la reconquista de nuestro placer y nuestros coños.

Si quieres seguir a Clem de cerca, puedes suscribirte a su newsletter yendo a clementinelips.com, o seguirla en redes sociales (Instagram: @clementine_lips; Twitter: @clementinelips).

Otras obras de la autora

Papayas y plátanos

PAPAYAS Y PLÁTANOS es el primer libro de Clementine Lips, la primera parte de esta colección, Afrodisiacos.

«La sexualidad, y en particular, la sexualidad femenina, es demasiado compleja como para ser retratada con un único tipo de historias; la narrativa tradicional del mundo de la erótica no nos representa a todas.

Ana, Rebeca, Natalia, Lucía... son las protagonistas de las historias de esta antología, que buscan descubrirse a través del sexo. Descúbrete tú también con esta serie de relatos eróticos sobre mujeres empoderadas, seguras de su placer y explorándose sin presiones. Aquí encontrarás la variedad que estabas buscando para explorar(te): desde tríos hasta sesiones a solas, pasando por fantasías en pareja y aventuras con compañeros de trabajo. Y orgasmos. Muchos orgasmos.»

Lo que dicen:

"Qué maravillosa forma de escribir sobre el orgasmo y a veces sobre esas ocasiones en que creemos que nos quedamos a medias. [...] Ay, Clementine, no dejes de escribir, y tú, querido lector, que estás deseando leer literatura erótica diferente y revolucionaria, compra el libro de Clementine." - Rut Alameda, Altavoz Cultural

"Maravillosa lectura que te abre un mundo entero de posibilidades sexuales fuera del "show" y los roles que la industria pornográfica ha ido poco a poco creando situando a la mujer generalmente en el segundo plano de la escena. Esto es a la par que excitación, educación sexual. Increíble." - Josep, Goodreads

"Muy evocador y con buen gusto. Por fin algo de erótica bien realista, y no el mismo porno de siempre pero escrito. ¡Esperando que saque algo nuevo pronto!" - Ite, Goodreads

"Por fin un libro erótico sin necesidad de recurrir a una trama de amor romántico y tóxico. Al ser relatos nos ahorramos la trama previsible y llena de tópicos que suelen tener las novelas románticas. Un libro donde se plasma el sexo real, con sus posturas incómodas, con fluidos que hay que limpiarse, con medidas de protección, que no tiene la penetración como fin último (de hecho no está presente en la mayoría de relatos), y con consenso y consentimiento. Y todo esto sin restarle un ápice de erotismo. Super recomendable." - Jennifer, Tu caja de Pandora, Amazon

Puedes consultar todas las opciones de compra aquí: https://www.clementinelips.com/book-inner

Obras venideras

Clem está trabajando actualmente en dos grandes proyectos, aunque probablemente vayan apareciendo más desde que compres este libro.

El primero, el más largo, es una **novela** donde explorará los diferentes significados que tiene el sexo y el efecto que puede tener éste en la vida de los protagonistas de la historia, un grupo de jóvenes artistas que pretenden crear un proyecto audiovisual que cambie el paradigma del material erótico de la sociedad.

El segundo proyecto será de nuevo una **colección de relatos** breves, esta vez centrados no en la orientación sexual representada, sino en la práctica que se realiza: la MASTURBACIÓN FEMENINA. Pocas veces habrás visto esta clave del autoconocimiento de las mujeres representada en películas, series o libros. Tampoco se ve demasiado el equivalente masculino, a no ser que nos quieran hacer reír. Pero la masturbación femenina no debería ser secreta, tabú, invisible... Por eso

Clem quiere recoger diferentes formas de practicarla, y así entender mejor qué nos aporta esta exploración que, aunque solitaria, es tremendamente placentera.

Si no quieres perderte ninguna novedad, puedes suscribirte a la newsletter de Clem a través de su web, clementinelips.com. Así te llevarás un relato extra gratis, y además pasarás a formar parte directamente de sorteos cuando saque libro nuevo.

También puedes seguirla en redes sociales. En Instagram la encontrarás como @clementine_lips y en Twitter como @clementinelips.

Además Clementine está organizando una **antología de autoras y autores autopublicadas/os** que saldrá a la venta a finales de este año o principios de 2022. Por supuesto, erótica. Todo lo recaudado con esta obra será donado a la ONG Cesida, dedicada a concienciar acerca del VIH a través de múltiples campañas y proyectos.

9 798215 848074